cleer®
可丽尔 尽享当下

盈耳至纯

海 舒 著

团结出版社
UNITY PRESS

图书在版编目（CIP）数据

盈耳至纯／海舒著. -- 北京：团结出版社，
2023. 12
ISBN 978-7-5234-0816-2

Ⅰ. ①盈… Ⅱ. ①海… Ⅲ. ①报告文学-作品集-中
国-当代 Ⅳ. ①I25

中国国家版本馆 CIP 数据核字（2024）第 041401 号

出　　版：团结出版社
　　　　　（北京市东城区东皇城根南街 84 号　邮编：100006）
电　　话：（010）65228880　65244790（出版社）
网　　址：http://www.tjpress.com
E － mail：zb65244790@ vip. 163. com
经　　销：全国新华书店
印　　装：四川科德彩色数码科技有限公司

开　　本：145mm×210mm　　32 开
印　　张：7. 25
字　　数：122 千字
版　　次：2024 年 3 月　第 1 版
印　　次：2024 年 3 月　第 1 次印刷

书　　号：ISBN 978-7-5234-0816-2
定　　价：58. 00 元

深圳市冠旭电子股份有限公司

冠旭电子成立于 1997 年，总部位于深圳市龙岗区国际低碳城中心区，占地面积 3.2 万平方米，建筑面积 5.2 万平方米。

冠旭电子主要致力于智能耳机、智能音箱等声学终端产品的研发、制造和销售。

冠旭电子是 2020、2021、2022 连续三年深圳 500 强企业，深圳 100 强文化企业。

冠旭电子是庆祝中华人民共和国成立70周年纪念章获得者单位、全国劳动模范获得者单位、海关AEO高级认证企业。

冠旭电子智能耳机申请专利名列全球第七，排在苹果（第5名）和美国高通（第6名）之后，华为（第10名）之前。

获得了 2021 年广东省专利奖，2020 年、2019 年连续两年获得了深圳市专利奖，2019 年获得了深圳市科技进步二等奖。

在广东肇庆、南京、杭州、菲律宾和美国圣地亚哥建立有分支机构。

国际智能声学品牌 Cleer® 是冠旭电子的自有品牌。

　　冠旭电子园区实现生产、生活用水分离式循环，回收和净化，太阳能集中热水供应建设雾森微循环系统和三层立体式绿化，园区植被覆盖率达65%以上

广东省清洁生产企业　　深圳市绿色企业　　鹏城减废先进企业

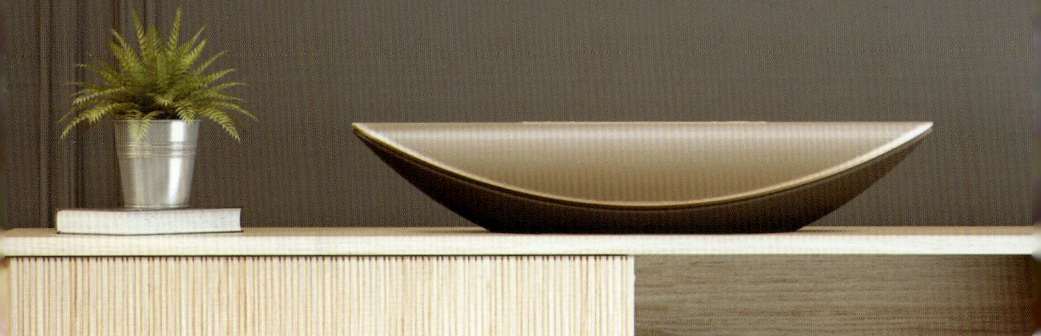

CRESCENT　心月

- 全球首创多声道智能语音音响
- 2020年美国《新闻周刊》全球12个最高技术产品之一
- 摘取3项美国CES创新奖及德国红点奖
- Wi-Fi或蓝牙连接，实现谷歌Google Assistance智能语音，20多个国家语言自由切换
- 支持腾讯小微智能语音

- 应用10个声学单元阵列技术，创新打造了影院/派对/立体声效
- 传统家庭影院音响革命性变局，只需一台取代传统音柱、功放、低音炮等组合设备，艺术与声音的完美结合
- 实现随意空间放置

MIRAGE　海市蜃楼

- 全球首创柔性智能显示智能音箱
- 2020年全球20个黑科技产品之一
- 摘取CES创新奖、红点奖
- 柔性7.8英寸AMOLED触摸屏，广角曲面显示
- 集成Amazon Alexa智能语音服务
- 3种智能音频模式，适合音乐/电影/派对
- 内置摄像头，可拍照/在线视频
- 内置浪漫灯光设计，营造安心舒适的睡眠环境
- 宝马设计中心劳斯莱斯幻影设计师安德列先生主导设计

Andre de Salis, Creative Director　　Bill Liu, Founder and CEO of Royole Corporation

cleer + DESIGN WORKS　cleer + ROYOLE

ALPHA 阿尔法

多场景自适应头戴式降噪耳机

随境降噪空间音频 沉浸体验音效

ENDURO ANC 头等舱

长续航主动降噪头戴耳机

每天使用1小时 去除噪音60天

ENDURO 100 飞行家

百小时长续航头戴耳机

充电10分钟 即可播放约13小时

GOAL 动感小鲨鱼

防汗防掉运动耳机

鲨鱼鳍亲肤设计 怎么动都服帖

ALLY PLUS II 噪音灭霸

自适应真无线降噪耳机

降噪黑科技 享受太空般宁静

ROAM NC 小静

微型真无线降噪耳机

现场级听感 让耳朵尽情享受

Cleer® 产品

NEXT 未来发烧友
专业听音头戴式耳机
高保真无铁芯技术 每段声音，
都是天籁

HALO 骑士
定向传音颈戴式耳机
戴在颈脖上的音乐厅

HIVE 蜂窝
便携式会议音响
内置全指向双麦克风 通话清晰

STAGE 野趣
便携式蓝牙音响
双低音被动盆 畅享沉浸式音乐体验

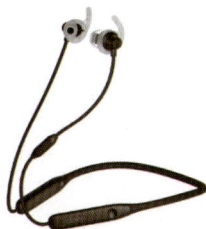

SENSE 静护
体温心率监测蓝牙耳机
医疗级传感器,实时更新身体数据

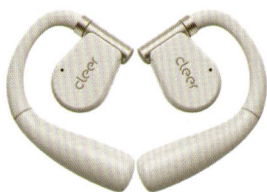

ARC II 音弧音乐版
开放式音乐智能耳机
全面听音 一部到位

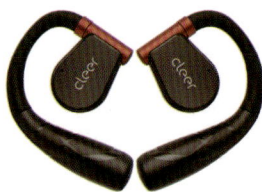

ARC II 音弧运动版
开放式运动智能耳机
更懂运动的耳机

ARC II 音弧游戏版
开放式游戏智能耳机
玩出新竞界

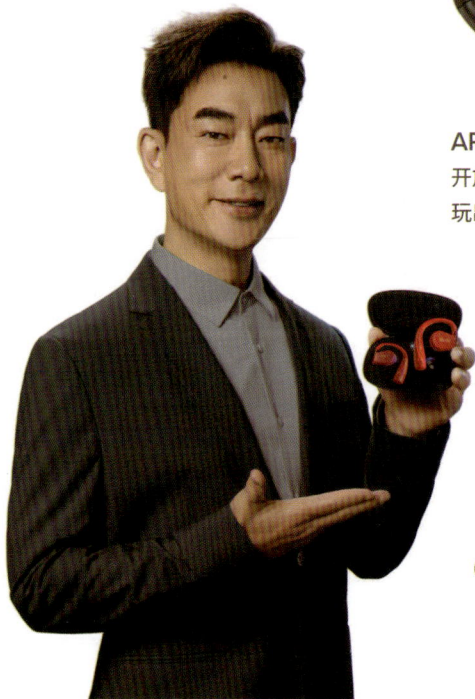

任贤齐
cleer 品牌代言人

Cleer（可丽尔）故事

2012年10月24日，Cleer品牌诞生，位于深圳国际低碳城的深圳市冠旭电子股份有限公司。

我们是一群文化背景多元但同样热爱音乐的人，希望创造出鼓舞人心的未来，以改善人们的生活。

我们是新科技的狂热追随者，愿意坚持不懈地突破工艺、音质和设计标准，打造脱颖而出的智能声学产品，为引领新潮流不断努力。

我们相信，一个伟大的品牌，一定可以凭借杰出的产品，帮助用户实现更美好的生活。

Cleer 可丽尔产品，让您获得灵感与快乐、与世界更清晰地互动，让您沉浸于音乐之中、逃离现实的嘈杂尽享当下。每一次美好的体验，都唯你独有。

Cleer 品牌创造人 吴海全

2023 年 2 月 23 日

目　录
/
CONTENTS

第一辑　创造经典

回眸已是未来 | 002

置身声学前沿科技　孜孜以求创造卓越 | 005

一路高歌：创造与超越的品牌之旅 | 013

绿色交响 | 021

漫话 Cleer | 029

碳索未来 | 034

天籁之音徜徉魂魄 | 038

铿锵节奏心飞扬 | 041

远超想象的追逐 | 044

Cleer·中国声 | 047

细　节 | 050

耳机中的劳斯莱斯 | 053

简　约 | 055

魔　幻 | 058

花园工厂 | 061

把活干好（一） | 065

把活干好（二） | 067

CES 展 | 069

东京奥运会 | 072

不仅仅是一款耳机 | 074

精　致 | 077

关于快乐 | 080

Z 先生 | 084

维　度 | 089

失落与超越 | 093

"路边摊"与爱马仕 | 096

Bang & Olufsen 启示录 | 100

流量时代 | 104

创造经典 | 108

第二辑　闻声而来

邂逅 Cleer　　　　　　　　　　　｜　112

闻声而来　　　　　　　　　　　　｜　116

唯你独有　　　　　　　　　　　　｜　121

一秒到太空　　　　　　　　　　　｜　125

游泳冠军　　　　　　　　　　　　｜　129

梦·现实　　　　　　　　　　　　｜　133

弗朗索瓦·于连　　　　　　　　　｜　138

送给父亲的礼物　　　　　　　　　｜　142

声　缘　　　　　　　　　　　　　｜　147

奢侈新贵　　　　　　　　　　　　｜　151

空间物语　　　　　　　　　　　　｜　155

草茵上的随想　　　　　　　　　　｜　159

化　蝶　　　　　　　　　　　　　｜　163

"书童"小静　　　　　　　　　　　｜　167

哑女舞者　　　　　　　　　　　　｜　171

心临其境　　　　　　　　　　　　｜　175

爱的翅膀　　　　　　　　　　　　｜　179

唤　醒　　　　　　　　　　　　　｜　183

特殊陪伴 | 187

弥　合 | 191

飘雪随想 | 195

Cleer（可丽尔）品牌简史 | 200

Cleer 产品获奖 | 216

第一辑

◨

创造经典

创新没有终点，未来之未来在吴海全先生心里，或许只是一个时间量化过程，永不停歇，每一秒都将可能是见证奇迹的开始。

回眸已是未来

　　跨越式的社会发展，总有些超乎想象的事物，不经意中成了生活的陪伴，从而打破了墨守成规的生存之道。生命顿然于冥冥之中的达成，不言而喻的喜悦仿佛从天而降，满满的获得感荡漾心灵。

　　只因为一次偶然，伴随 Cleer ARC Ⅱ 音弧带来纯净、宽阔的音乐，徜徉在五彩斑斓的魂阈，犹如现实正向梦想纵深，回眸已是未来。

　　声学工艺敢于挑战音质概念。声学结构融蕴精湛工艺与无畏精神，成就耳畔臻品的微小细节。声学工匠是敢于反复构建和解构谜题的创作者。"Snapdragon Sound™ 骁龙畅听技术认证"不仅是颁发给声学工匠的证书，更是对大胆构思和独立思考的肯定，支持并鼓励工匠和企业家探索声学之旅，指引下一代音乐爱好者的成长之路。

　　或许，有人会觉得不可思议，而一旦走近 Cleer（可丽尔）

品牌世界，不论耳机还是音箱，迎面扑来的观感都兼具审美后的跃跃欲试和如同奢侈品由内而外质感散发的吸引力，因为 Cleer 品牌给人诠释了什么叫创新。

因为前所未有，所以雄踞行业高位。

虽全球耳机市场不乏知名大品牌，比如苹果耳机、Sony 耳机、SENNHEISER 耳机、B&O 耳机、JBL 耳机等等，这些彰显技术、文化内涵的视听产品历经时间和消费体验的洗礼，各自形成了品牌自有用户群体，且遍布世界各地不同阶层与年龄，并为此去感受拥有者的荣耀。因为这些耳机品牌已远远超出一般消费品的实用属性，而被视为映衬在生活的奢侈品。Cleer 耳机的出现，打破了这种惯常，人们在惊愕之余，开始关注 Cleer 这匹全球视听行业奔跑而来的黑马。

Cleer 耳机和音箱，不但从感观上突破了原有工具和用品的传统认知，工艺设计与技术运用给人以取悦自我的超脱先验。Cleer ARC II 音弧、Cleer ENDURO 100、MIRAGE "海市蜃楼"、CRESCENT "心月" 智能语音音箱等产品，以其超凡的匠心，突破了工业品直观的呆冷，使得实用技术绽放出美学所展现的人文对应，让人感知生活中还可以如此将实用与审美同步，俨然奢侈品所具备的品格。

日新月异的时代，能够触动消费不仅是技术产生的实惠。既能愉悦精神，又能以科技赋能需求，且具备超越时空的存在感，并令人惊艳不已的消费品，必将成为市场的翘楚。在耳机和音箱行业，Cleer 品牌专注于技术、工艺、人文、工业美学等方面的创新，以极高前瞻性的创意设计，让产品发出强劲讯息，"听我，听世界！"

难怪在 2020 年的 CES 展，即美国国际消费类电子产品展览会上，Cleer 品牌一经亮相，即刻惊艳四座，吸引了全球同行前来观摩。Cleer ARC 音弧开放式真无线耳机，开创了第一代不入耳的开放式耳机市场先河。世界上首款电池寿命超过 100 小时的长续航头戴式耳机 ENDURO 100 的出现，更是令业界惊掉下巴。Cleer 的先声夺人之举，源自科技创新与创造，从创意之初的品牌定位，到研发中的黑科技加持，一枚小小的耳机，融汇了当今声学领域最尖端的技术，强大的基因组合孕育着不可限量的发展前景，尚在襁褓亦预示了即将成为巨人。

从名不见经传到全球知名声学品牌，Cleer 源于自信的发展步伐坚实铿锵。

Cleer ARC Ⅱ 音弧开放式真无线耳机，以更加人性化的科技内涵和人体工学构架的设计美学，在国际声学科技中独树一帜，在国内电商平台和实体门店成交屡次刷新销售排名榜单。

Cleer 耳机传输的玄幻，让音乐像长了翅膀直抵心魂，仿佛置身未来的一隅，环顾四周，抑或回眸来处，未来之未来不再是意念中的闪现，而是真真切切地站在了愿望之巅，大声说出，生活原来还可以这样！

置身声学前沿科技 孜孜以求创造卓越

——吴海全先生探访录

走近深圳市冠旭电子股份有限公司董事长、Cleer创始人的吴海全先生，瞬时就能感觉到他身上自带气场，这种感觉会不由自主地影响着周围的人，在他深耕细作的听觉领域上，凭借20多年来对科技创新的坚守与积累，以及对行业发展趋势的敏锐洞察力，是保持企业高速发展的秘诀所在。

作为一家专门从事声学科技研发、产品设计和制造的企业，冠旭电子在吴海全先生带领下，秉持"品质、创新、马上行动"的企业精神，经过26年跨越式发展，在智能耳机行业，已成为全球声学科技发展的引领者。

冠旭电子创立于1997年，从与国内外品牌厂商合作、代工，到如今自主研发生产，在这个发展过程中，令吴海全先生印象深刻的是企业一次又一次的产业升级，每一次升级都推动着冠旭电子向声学技术创新领域纵深迈进。尤其是2020年之后，新冠肺炎疫情席卷全球，海外市场动荡不安。吴海全先生迅速将前期技术储备进行整合，组织研发出颈戴式体温心率监测耳机等一系列前沿智能音频产品，并以此带领企业走上由以外贸出口为主转为国内国际市场双轨并行的发展新路子，业绩逆风翻盘，保持稳步增长。

20多年来，面对每一次外部环境的变化和挑战，吴海全先生都以技术创新为驱动，不断地向声学领域纵深迈进。"多年来，公司的研发费用始终保持占总营收的8%—10%之间。"吴海全先生对此感到十分自豪。目前，冠旭电子已掌握了包括智能降噪技术、无铁芯喇叭声学技术、声学及算法、无线连接、智能语音交互等一系列声学核心技术。

吴海全先生对行业发展总有自己独到的前瞻性判断，他预见"语音及人工智能将是下一个听说交互时代的风口"，并将此作为冠旭电子未来发展的方向。借助深圳市优良的政策环境与人工智能、5G等产业优势，推出更多元化、高质量、符合未来趋势的听说交互智能耳机和音响产品，让消费者进入效率更高的听说时代；同时通过使用绿色材料、绿色设计，建设绿色低碳工厂、绿色供应链、近零碳排放等将低碳环保理念融入产品设计、生产、制造等各环节，打造绿色低碳环保的高品质音频产品。

"创建自主品牌对企业发展有着很重要的意义。首先，我们在诸多领域已经做到了全球顶尖。创建自主品牌可以更快地将技术创新、设计创新有效结合起来并呈现到产品上；同时，做自主品牌可以让团队更有荣誉感，更可以自己掌握和发布新产品。我们清醒地认识到，做企业、做品牌的底线就是产品为王、技术为王。如果产品做不好，品牌再怎么宣传都没用。让消费者切切实实地在使用过程中感受到、体会到产品的妙处和快乐，是我做品牌的初心。"吴海全先生如是说。

2008 年金融危机之后，冠旭电子着手谋划国际智能声学品牌 Cleer 的建立。如何在激烈的国际市场竞争中突出重围？吴海全先生的答案是：一手抓产品技术创新研发，一手抓创意创新设计。

创意与技术创新是产品得以在市场中站稳脚跟的核心。为此，他一方面着手组建国际化极高水平创意创新设计团队，另一方面持续深耕声学技术的创新研发与新材料的应用，通过与国际知名芯片厂商高通、国际互联网巨头谷歌、亚马逊等公司合作开发智能音频产品，推动技术水平持续提升。

吴海全先生是一名工程师背景的企业管理者，严格来说，在冠旭电子内部，他更是一名工程师，对技术创新的追求总能激起他无限的工作热情，正是基于此，他特别重视对技术创新的投入。

截至 2022 年，冠旭电子申请了 2300 多项知识产权，其中发明专利就达 400 多项。独有的主动降噪技术，无铁芯喇叭（低失真）技术和无线连接技术使得 Cleer 品牌推出了一系列的明星产品：Flow II 头戴式主动降噪耳机，ALPHA "阿尔法" 头戴式无线降噪耳机、Mirage "海市蜃楼" 360° 柔性显示智能语音音箱和

CRESCENT "心月"多声道智能语音音响等产品。

　　Cleer 品牌创建初期，对品牌的定位一直处于摸索阶段。最初的产品设计虽然在降噪、音质等各方面品质很好，但成本居高不下。吴海全先生感觉到产品的市场定位必须要分层级，不能期待一款产品既卖高价格又为公司带来大量现金流。此后历经六年时间，最终对产品与品牌定位有了清晰的认识与认知。这期间，公司持续用作 OEM/ODM 的营收，投入到 Cleer 品牌旗下产品的技术开发与创新，前后研发费用共计超 2 亿元。

　　随着 Cleer 品牌的建立，在吴海全先生的带领下，冠旭电子成功推出了多个全球"首款"产品。其中，**ALLY PLUS** 真无线降噪耳机是世界首款单一芯片处理"蓝牙+主动混合降噪"二合一的真无线降噪耳机；**MIRAGE** "海市蜃楼"柔性显示智能语音音箱被评为 2020 年全球 20 个"黑科技"产品之一；是世界第一款带 Amazon（亚马逊）语音助理的曲面显示音箱；CRESCENT "心月"多声道智能语音音响，是一款带 Google 高级语音的智能音响，被评为 2020 年《新闻周刊》全球 12 个最高技术产品之一。如今，冠旭电子的产品已远销美国、法国、英国、日本等地，并在美国、菲律宾等国家和香港地区设有分支机构。

　　2019 年，凭借其过硬的产品品质，Cleer 也成为继华为之后，中国第二个以专柜形式进驻英国奢侈品百货公司 Harrods 与英国规模最大的 Selfridges 百货连锁公司的品牌。"进驻这两家百货公司意味着我们的产品在欧美发达国家的高端市场得到了认可。"

吴海全先生解释称，"在产品入驻前，这些百货公司会从产品品牌知名度、高品质、创意、创新等多方面进行打分评审。但其实我们 Cleer 品牌知名度当时并不高，甚至可以说是与他们'门不当、户不对'。是产品的创新、创意和高品质打动了他们。例如，我们在产品表面处理中要求达到极致光滑手感，在外观设计中融入了多元情感元素，在产品设计中采用多项自主研发的前沿声学技术等等。最终我们通过评审的严格考核，得以进场设柜。"

时至今日，冠旭电子主导或参与的 Cleer 产品已多次获得 CE WEEK、CES、ISE、芝加哥 Good Design，德国红点设计奖、德国 iF 产品设计奖、日本 Good Design 等全球设计奖项。冠旭电子与高通 Qualcomm、谷歌 Google、亚马逊 Amazon、腾讯小微等芯片商、平台方案商、云服务商建立了一系列战略合作伙伴关系，还与柔性显示屏品牌柔宇科技达成合作。

目前，冠旭电子已成立了来自 20 多个国家和地区、接近 40 人的国际化水平极高的创意创新设计团队，邀请到宝马设计中心劳斯莱斯幻影主设计师 André de Salis 主导设计 Cleer 国际声学品牌旗帜性产品，并定期在公司内部开展"创新创意周"活动。吴海全先生表示，"国际化团队能为公司带来多元化的创意视角。2020 年疫情之后，公司进一步扩增在深圳总部的国际创意创新团队人员数量，邀请更多国际人士加入，以提高公司产品创意开发的效率。"冠旭电子通过"创新创意周"，已开发出人体工学、新形态应用场景等多款高技术产品。

通过不断的科技创新，先后获得了自适应智能（主动）降噪技术。从混合降噪、环境噪音采集、噪音地图、降噪电路等方面布局了国内外专利共 49 件；无铁芯宽频低失真喇叭磁路系统。从磁路、喇叭振膜、治具等方面布局了国内外专利共 28 件；智能语音交互技术。从语音唤醒、连续语音输入、全息声音记录、回声消除等方面申请了国内外专利共 52 件；蓝牙及 TWS 无线连接技术。从低延时高可靠性连接、数据缓存、佩戴检测等方面申请了国内外专利共 20 件。

2020 年以来，全球疫情肆虐，市场营销受到一定影响。冠旭电子积极践行国家新发展格局的大战略部署精神，迅速调整了经营策略，制定了一系列应对之策：成立了以吴海全先生为首的新的专职机构，用新的发展思路创新商业发展模式。加快与国内各大销售、推广平台，政府等相关单位的对接，加大人员、资源投入，迅速建立线上线下各层次销售的合作关系，拓宽销售渠道。

在开拓新的外销市场方面，迅速入驻美国 Shopify.com 电商平台，加大在亚马逊网站推广力度，大力开拓欧洲市场，与德国高端声学品牌拜亚动力等强强合作，加快针对欧洲市场一系列新技术、新产品的研发。针对国内国外两个市场不同的产品需求，确保相同的产品技术平台能贯彻同步开发，力争一个产品技术平台能为两个市场使用。

2022 年 1 月 1 日，Cleer 重磅推出首款开放式耳机 ARC 音弧，从此开启开放式 TWS 耳机的新时代。其"不入耳，不伤耳，安全更舒适"的强大特点，迅速获得大量消费者认可，并长期霸榜各大电商平台耳机类目（在抖音618、818、双11等活动中均稳居影音类商品榜、品牌榜、店铺榜销售额榜首），引得一众友商竞相模仿。作为开放式智能耳机领跑者，Cleer并未止步已经获得的成绩。仅仅时隔一年，基于1代产品的用户反馈，用户使用习惯，Cleer从用户的角度去思考不同的场景痛点和使用需求，全新开发出采用高通S3旗舰级智能耳机芯片，更佳音质，更安全，更智能，更舒适的ARC II音弧，并于2023年1月1日在正式发布。全新ARC II音弧开放式智能耳机特别考虑用户在运动和游戏场景下对于耳机的特别需求，并特别推出专业的ARC II开放式运动智能耳机和ARC II开放式游戏智能耳机、ARC II开放式音乐智能耳机，满足消费者的不同需求。

这是一款全球真无线开放式智能耳机的里程碑式的产品。亦如吴海全先生以及他带领的冠旭电子团队所期望的，Cleer作为国际大品牌，稳稳地让中国"智造"在全球电子市场占据一席之地。在国内，Cleer也成为开放式智能耳机产品的第一品牌。

凭借多年来对科技创新的坚守与积累，对行业发展趋势的敏锐目光，吴海全先生率领冠旭电子在产品研发制造方面精益求精，多项产品荣获国内国际大奖。20余年的发展中，冠旭电子用企业自身的不懈奋斗，诠释着中国制造业的"工匠精神"。他颇有感慨地说："只有长时间对产品、对技术、对品质的高度专注与精益求精，对产品技术迭代或变化的高度顺应与应变，对新技术、新创意的孜孜以求，对消费者反馈的高度重视及快速改进，方能使产品在市场中保持长久的竞争力。"

在多次接受采访中，吴海全先生也不止一次表示："创新和品质毫不矛盾。品质是目标，创新是途径，创新是为品质服务的，创新是企业不断发展的驱动力，品质是企业在市场竞争制胜的基石，时刻对品质负责，每向消费者提供一个产品，就要收获消费者的一次满意，在网络化时代，产品的好与坏都会第一时间被放大和快速传播，不能心存侥幸，发现问题，不推脱、不拖延，快速行动、快速解决。只有创新和品质兼顾，才能让企业在复杂多变的市场竞争中夺得先机，并且能够稳中求进，稳步发展。"

创新没有终点，未来之未来在吴海全先生心里，或许只是一个时间量化过程，永不停歇，每一秒都将可能是见证奇迹的开始。

一路高歌：创造与超越的品牌之旅

在 Cleer 品牌 ARCⅡ 音弧开放式智能耳机新品发布前夕，以视频连线的方式，我采访了远在美国的 Cleer 品牌负责人和产品设计师。

从 ARCⅡ 音弧开放式智能耳机作为全球第一品牌的话题切入，详尽了解到 Cleer 的品牌战略、技术创新、产品开发、市场推广、用户体验等方面的发展历程。

Cleer 旗下所有产品，不论是耳机还是音箱，都深深烙上了品牌的标志性印记。独具的简约风格，丰富的科技内涵，工艺美学以及绝妙的高清音质。在其品牌成长中，一次次脱颖而出，一次次震撼全球视听行业，让其成为电声市场上的翘楚。

打造一个无与伦比的品牌，必须始终如一地站在行业最前端，用技术创新的前瞻性，去准确预测未来的消费需求。Cleer 品牌团队都是具有 20 多年工作经验的行业精英，对音频电声行业的产品科技、消费需求和设计理念都谙熟于心，具备准确的产品研发的方向性研判能力，根据消费者的迫切需求，相比自己的竞争对手，来做出一个比较渐进性的创新和进步。

根据对声学科技前景的展望，关注消费者的潜在需求，创新出目前同行业中没有的产品，树立品牌的不可替代性和行业引领者形象。Cleer 品牌以革命性的创新，将一款款产品打磨成惊世骇俗的震撼。对于使用无线耳机的用户来说，会因电池续航时间短的困扰，而影响听音体验。针对这种消费期望，Cleer 发布了全世界第一款可续航 100 小时的头戴式智能耳机 ENDURO 100。这款远远超出消费者期待的产品，不仅轰动了全球音频市场，更是给用户带来了意想不到的福音。而在 Cleer 品牌团队看来，这只是一次渐进性创新，因为有前车之鉴，只是通过掌握的技术和经验，予以创造性地改变。他们的追求是革命性地创新，即创造前所未有的视听产品。

实际上，对技术前瞻性的深入研究，是对消费者潜在需求的预知，因为它并不是个现实的需求，是潜在需求预知。所以要把技术、设计和生产相结合，形成一个新的能力。如果是一个渐进性的产品的话，可以跟别人学，跟苹果或其他什么品牌学。如果是一个创新型产品呢，要完全建立靠自己对这个产品的概念进行创新设计。

Cleer 能够前瞻性地理解到消费者将来的潜在需求，能够前瞻性地看到技术发展的趋势，然后用科技转化成消费者将来的需求。这样就完全改变了已经存在的消费期待。比如说人们欣赏音乐的方式和方法，对这两方面的改变都很重要。作为一个品牌，所做的工作是服务消费者，给消费者提供更好的体验。所谓的更好的体验，一方面是将他现有的体验得到一个提升，另一方面是给他提供一个全新的体验。这种革命性地去创造一个从来没有经历过的体验，或者是没有想象过的体验，才会刺激消费者，进而产生全新的需求。

所以拥有更好的产品，进一步提升消费者的音乐体验，这是Cleer品牌的愿景。根据这个愿景，既有参与性的创新，也有革命性的创新，结果就给消费者带来两种新的感知：原有基础上的进一步提升，及前所未有的新感觉。从人性化的角度，在开发创新产品的时候，已经决定了品牌的可持续空间。开发产品最主要的是，第一个是了解消费者的需求；第二个是了解消费者的痛点；第三个是根据这个需求和消费者的痛点，利用所掌握的技术，不管有或者是没有的技术，如果没有的技术可以去找第三方，或者自己去开发。然后通过一些科研手段把产品实现出来，比较高端的产品，可能要花3—4年时间去做研发。

技术是从0—1的一个过程，没有的技术去想办法去开发出来，或者是转化出来，或者通过第三方的合作来实现。ARC音弧从2018年开始研发，概念到产品成型差不多有四年的时间，其间也经历过很多的波折。作为全球第一款开放性耳机，2020年初首次提出的产品形态和现在看到完全不一样。那时产品形态是一个头戴式的，后来通过不停地体验和测试，当发现头戴的舒适度，从用户的体验反馈不好的情况下，立刻果断推翻了这个产品形态，又重新开始设计研发，不断地重复这个过程。

当发现消费者需要开放式耳机这个点后，经历了从收集的反馈，到提出概念，最后验证的全过程。因为就算概念是可行的，也不见得产品一定可行。所以直到 2021 年年底至 2022 年年初的时候，才有了最终大家看到的这款产品。在这个过程中，已经有了一些竞争对手，包括世界最大声学品牌 Bose，他们于 2021 年也推出开放式耳机的概念，比 Cleer ARC 音弧晚了两三年，还有相当多竞争品牌也一样，但 Cleer 作为首创品牌，花了更多时间去打磨产品，让它更符合消费者的需求，所以到目前为止，ARC 音弧是做得最成功，虽模仿者很多，但没有超越者。

从研发设计到生产，最后到质量的控制，都是决定产品成功的重要因素。那么，耳机核心技术所表达的是听音品质，从接受美学的角度，它的特征是对产品前瞻性的判断。一个概念的形成，来源于经验和业界的一个深入的研究，概念出来以后，接下来是从研发角度，思考概念到产品落地的技术实现方案。比如说，跟那些仿品的区别，简单地说音质表现力，不管是喇叭的选型，声学腔体设计，声音的调音等都有科学的方法和自家的专利技术。再从声学角度来讲，Cleer 有很多独有专利技术。比如对于耳机产品私密性很重要，传统入耳式或头戴式耳机较容易解决，但对于开放式耳机天然存在的漏音问题，如何优化漏音问题增强产品使用的私密性就是关键。而 Cleer 有自己独立研发的定向传音技术刚好解决了这个问题。

Cleer 整个设计师团队中，有大量在世界顶级电声品牌公司做了二十几年的优秀人才，不管是在设计美学、人体工程学方面，还是在材料选择、颜色选择等细节方面，都完全具备了 Cleer 品牌的独特性。最后作为源头工厂，Cleer 的产品质量把控极其严格。所以产品的成功，这些因素都是缺一不可。

还有对市场发展的把控，因为市场是不停往前走的，不论是从消费者、竞争对手、技术角度都在往前走，Cleer ARC Ⅱ 音弧的超前设计理念就很好地贴合了市场意愿。运动款增加的防汗、防菌材质、6 轴传感器和紫外线杀菌功能，这些都是为满足人体运动的特定需求。相对于一代产品，Cleer ARC Ⅱ 配戴更舒适、电池寿命更长，音频效果更好。

Cleer 产品有着很纯净的音效，在没有任何扭曲或改变的情况下，再现真实的声音。尤其是创造出浑厚的低音和清脆的中高音，不用担心过于封闭的耳机隔绝了外部的环境。除此之外，Cleer 还创建了一个重放宽动态范围声音的技术，能够精确地展现声音高低起伏的动态和输出声场细节。

Cleer 团队是一群在设计、工程和营销经验方面具有丰富经验和背景的国际人士。拥有各种背景将有助于在产品开发过程中，创造独特的想法和尝试，最终将创造出具有高端品质的独特产品。此外，对产品的目的诚实（真实）是非常重要的，Cleer 品牌的所有产品试图在工程的支持下，通过简单实用的设计实现真实性。

一个有担当的品牌，总是在思考当前的趋势，这样可以提供一些人们目前不知道的东西。也就是说，Cleer品牌考虑的是让产品影响工匠的工作，而不是任何人只要拥有合适的机器和资源就可以完成的大规模生产。Cleer从容面对各种挑战，倾心创造行业中"最小和最聪明"的产品。

这是现在一个行业的趋势，因为之前做声学产品，只是做一些单一独立产品，与手机关联，就形成了一种行业生态链。不论声学产品还是电子产品都已经开始遇到不同的挑战。国际上有苹果、三星，国内有OPPO、小米等，他们都在做他们的手机关联产品，他们有各自的优势，他们本身已经有了一定份额的生态圈和品牌影响力，消费体验相对来说好一些。但对Cleer来讲，本身只做专业做智能声学产品，优势肯定就是在声学科技创新上发力，只能在某种程度上会更强一些。基于对这个行业更多地了解，在声学体验上做得更专业一些。

Cleer创造了简单而实用的形状因素，而不存在无意义的图形、颜色和形状。通过这一理念，Cleer正在制作真正有用并激发用户感官的产品设计。换句话说，正在设计一种产品，可以毫无困难地改善他们的生活方式和体验。

ARCⅡ（音弧）开放式智能耳机的发布，再次证明Cleer品牌不愧为行业领跑者的地位。作为全球开放式智能耳机的第一品牌，Cleer在不遗余力把最好的技术，最好的使用体验，以最快的速度传递给消费者。但是消费者能不能收到这个意愿，他们能不能认同，则是考验品牌能执行力的问题。

Cleer 一直追求声学智能化的新境界，品牌到设计，都具有标志性的极简化设计理念，来实现产品形态和功能的完美统一。更为可贵的就是 Cleer 秉持产品原创性，Cleer 在智能声学科技创新经验上，相比 Bose、苹果的设计相对高很多，所以 Cleer 的原创性设计，在提升消费者的生活质量和生活体验方面，总是快人一步获得市场先机。

专注品牌自身的发展，要确保能够传递最清晰的信息。与消费者互动是设计的非常重要的一部分，因为怎么使用都源于设计，这种标志性初衷就是的体验化设计。俗话说没有比较就没有鉴别，ARC II 音弧看起来就是有比较独特的元素，比如说耳挂的这个形态，上面有一个金属转轴，佩戴体验提升了很多，整个产品又很简洁。Cleer 每一个产品都会有一些比较独特的设计，让消费者能够从直觉的角度，感受到 Cleer 品牌的与众不同，即使是遮盖掉商标，也能体现出它的独特所在。

在消费者意识到自己的需求之前，Cleer 也能够感知和预测消费者的偏好，并在其他公司将其概念化之前创造出新产品。这场具有激进和连续跳跃的革命有助于开拓新业务，并将 Cleer 与其他消费电子品牌区分开来。在推出 Cleer ARC 音弧开放式耳机之前，没有一款产品能够将开放式聆听、优质声音和完全佩戴舒适性结合起来。Cleer ARC 音弧彻底改变了这一概念，并立即成为畅销产品。

　　不仅如此，Cleer 在新产品概念、新用户利益和改善客户体验方面，通过技术创新、独创设计和精湛工艺。让用户拥有更美好的生活。Cleer 正在参与和改变，以实现更好的生活。作为一个高级音频品牌，Cleer 的存在既满足了消费者当前的需求，也展望了他们的未来，成为改善消费者美好生活的提供者。

绿色交响

——冠旭电子绿色低碳成果巡礼

在那篇《花园工厂》里，我只描述了深圳市冠旭电子股份有限公司的旖旎风貌，已令人流连忘返；那么，当你走遍厂区，体察所到之处，置身每个细节，除了难以置信，你不会有第二种反应。

位于深圳市龙岗区坪地国际低碳城中心区，占地面积 3.2 万平方米，建筑面积 5.2 万平方米的冠旭电子，主要致力于智能耳机、智能音响音视频终端产品的创新、设计、研发、制造、销售；在南京、肇庆、菲律宾和美国设立有分支机构。

国际智能声学品牌 Cleer 是冠旭电子的自主品牌。

而贯穿冠旭电子发展，以及旗下 Cleer 品牌的产品制造与推广历程，无一不与践行低碳绿色的环保理念息息相关、丝丝相扣，堪称人与自然和谐相处的典范。凡是到过冠旭电子的人，都会在苍翠绿丛中接受了洗礼，顿悟到生命的美好。

如果说漫步厂区，仿佛在陶潜笔下的桃花源中徜徉，那么，深入到楼宇，不论是行政区，还是车间，或者是产品展销厅，所到之处，生机盎然的绿色都会跃入眼帘，令人心旷神怡，大有"只在此山中，云深不知处"的感慨。这里的一切场景，对思维习惯和过往经历颠覆性的呈现，不得不让人急于透过视觉，一探缘起，欲知出自何等的情怀，造就了此番大都市中的清幽绝伦。

且看看冠旭电子在响应低碳绿色发展获得的荣誉和各类认证：深圳国际低碳城龙岗区"5个1"近零碳示范企业、深圳市近零碳排放区企业试点、广东省清洁生产企业、深圳市清洁生产企业、深圳市绿色企业、鹏程减废先进企业、建设国家绿色企业（2022年已申请）；ISCC国际可持续发展与碳认证、ARC音弧绿色产品和碳足迹评价、环境管理体系认证、职业健康安全管理体

系认证、有害物质过程管理体系认证、RoHS 标注、推进能源管理体系的建设和认证（2023 年完成）。而一一展现的细微处，便觉得这些赞誉远远不能充分表达冠旭电子为促进环保事业所做的贡献。

冠旭电子打造的绿色低碳园区，植被覆盖率达到 65% 以上，形成了雾森微循环系统；实现了生产、生活用水分离式循环、回收和净化；建筑与周围景观紧密联系，与自然环境浑然一体；节能 LOW-E 双层玻璃幕墙，调节室内微气候。

依墙垂直绿化的室内空间，仿佛置身树木错落的森林中；室内随处及目的绿植，悄无声息地散发着"大自然"气息。符合人体工学的办公桌椅设计，保证舒适和健康，开放式休息区，充分利用绿色空间。

绿色低碳停车场，以参天大树为屏障，减少噪声污染；林荫下停车，车位和绿化兼得，缓解露天停车场的"热窗效应"，净化汽车尾气，缓解全球温室效应。建设 5 个充电桩：120kwh、7kwh 供选择，充电桩每消耗 100 度电，就减少 78.5 吨碳排放量。冠旭电子通过鼓励使用新能源汽车替代燃油汽车，碳排放由 39.7 吨降至 22.4 吨，每年减少 43.4% 的碳排放。

置身于冠旭电子运动场所中，绿色低碳、青春活力的氛围随处可见。环保球场地坪，高度抗紫外线性能，经久耐用；周围树种易于维护，利于固碳。附近建筑布置了各种花草树木，造型美观，给人带来心情愉悦之感。球场设施易拆、易移，可持续循环使用；采用节能灯具照明，传达低碳生活细节。

园区丛林中，树杈上造型温馨别致的鸟笼，给鸟儿一个安全温暖的"家"，吸引鸟类栖息繁衍。

在冠旭电子园区内，就像在参观一处绿色低碳的环保示范基地。芬芳的花香和清新醉人的气息弥漫空中，作为深圳国际低碳城中心区，对整个低碳城起到了无以替代的引领和辐射作用。如果说绿色低碳营造出赏心悦目的环境，而把绿色低碳理念贯彻到产品生产与营销全过程，使之成为企业可持续发展的行为准则，实为难得之举。

从产品研发到进入营销阶段，Cleer 产品每一步都是绿色低碳的践行者。建设能源检测系统，使用能耗与碳排放云脑管理系统，实现园区能效与碳排可视，方便减排管理，年减 CO_2 排放量

80.89 吨。能源计量器具配备率和完好率均为 100%，安装物联网采集终端，能源计量装置集中管理、配置、状态监控。充分利用太阳能，建设装机容量为 0.6kWp 分布式光伏发电系统，年发电量约为 70 万度，年减 CO_2 排放量 315.84 吨；智能组串式储能解决方案（容量为 200kWp），每天循环 2 次；充分发挥闲时充电，峰时放电的功能，有效实施光储协同。建设宿舍楼顶太阳能热水工程，安全可靠，提供员工生活用热水，年发电量约为 20 万度，年减 CO_2 排放量 90 吨。

绿色低碳实践中，对能耗大的设备进行淘汰更换，将 11 台电机、39 台注塑机全部换成节能环保型新设备，废气排放降低 100%，节约电量 63.4 万 kWp，年节约油费 58.5 万元。

数字化管理方面，选用德国 SAP 等 16+数字化管理系统，提高管理效率，实现绿色无纸化办公。采用 SAP 企业资源计划系统、MES 生产信息化管理系统、C2M 用户直连制造、OA 办公自动化系统、PLM 产品生命周期管理、QM 品质管理系统、CRM 客户关系管理系统、SRM 供应商关系管理系统、PDM 主数据管理系统、WMS 仓储管理系统、HR 人力资源管理系统、电商管家系统、关务管理系统、财务银行资金管理系统、条码管理系统、低碳能源云管理系统等一系列方法，保证企业高效运作。

绿色低碳节能上，办公区域安装 LED 高效节能灯，分区设计开关，替换 200 只高耗能灯。每小时耗电量节约 60%，年减 CO_2 排放量 7.76 吨；走廊声控灯设计，比普通节能灯节约 60% 以上；

注重自然光的渗透，减少人工照明能耗。

尤其在绿色低碳智造过程中，引入生态设计理念，推进"绿色智造"要求，始终贯彻建设绿色工厂的方针，努力创建两型企业；将生态设计理念融入产品设计阶段，采用绿色环保原材料，严格甄选原料、生产工艺，确保环保、安全。选用竹子、甘蔗、大麦、麻纤维材料、植物染料、可降解材料、可回收金属等对环境无污染材料。简约包装设计，绿色环保可继续利用。

坚持绿色低碳采购，制定了 30+ 采购相关程序，严格把关，优先选择环境管理体系完善的供应商，在供应商选择上，奉行"GP/RoHS 一票否决制"，杜绝有害物质管理疏漏。采购物料须有害物质检测报告，并进行产品抽测，确保不使用铅、镉、汞等化学物质超标的材料、零部件及产品。

产品及固废回收，也是绿色低碳环保的重要组成部分。Cleer产品基本由芯片、塑胶、金属、包装等组成，原料基本可回收。生产过程产生的废料如废纸、塑料、金属等可回收废料，直接委托第三方再生资源公司进行资源再生利用，利用率达 100%。

Cleer 产品体验店，更彰显出浓郁的绿色低碳的风貌。平顶建筑外观，店内六棵大树穿过屋顶直冲云霄，屋顶天花板为专用建筑实木板材，减少油漆类化学用剂的使用；玻璃窗除了采光，还可用于夜间视频投影，使用性强；建设天然空气净化器——植物墙，绿萝能有效吸收空气中的有害气体，绿萝叶片每平方米可吸收房间 20% 的 CO_2，并释放 50% 氧气，显著改善了空气质量。

　　低碳数字直播间，别有一番景致，建立有专业多机位、MR虚拟实景等 17 个数字低碳直播间，实现抖音视频号、京东、天猫、小红书等线上直播带货；消费场景转变，探索空间运用可能性，减少线下人员出行能耗，以及实体店建设运营空间设计，可二次利用。Cleer 产品直播赠送绿色低碳专属礼品，推广"2022年深圳国际低碳城·低碳季"活动，每天受众超过 20 万人次；引导企业和消费者进入更加绿色低碳的经济循环，促进形成低碳产业链；有助于企业提升产品绿色品质，优化软件算法，实施全过程低碳管理。

　　冠旭电子以先行示范标准探索碳达峰、碳中和企业发展路径。持之以恒实践绿色低碳的环保方略，秉持可持续发展理念，促进人与自然和谐相处，实现经济发展和人口、资源、环境相协调。坚持走生产发展、生活富裕、生态良好的发展道路，保证一代接一代地永续发展。

绿树成荫的园区道路，繁花似锦的景观，明亮通透的室内，清新富氧的空气，花香鸟语的氛围，幽然自得的遐思。大自然对心灵的潜移默化，不禁令人感慨一曲气势宏大的交响，在于无声处洋溢天际，袅袅缭绕的冠旭电子，Cleer 品牌以绿色低碳基调"智造"的音频产品傲行天下，"听我，听世界！"

漫话 Cleer

Cleer 是一个视觉设计与性能兼备的国际智能声学高端品牌。这样的市场定位源自对声学科技的专注与探索。自 2012 年品牌诞生以来，Cleer 备受国际声学界专业人士和用户的推崇。营销网点遍布多个国家和地区。

随着科技飞速发展，电子产品种类不但越来越多，而且越来越朝着人性化、智能化方向发展。智能声学产品也逐渐丰富和细化。设计出的产品异彩纷呈，不断突破工艺、音质和设计标准。Cleer 品牌在该领域深耕十数载，已然成为音频行业的领跑者。

Cleer 品牌系列产品的大家族，有其不可复制的声学 DNA，音乐的翅膀在 Cleer 音阈幻化的天空翱翔，给人以自由、辽阔、纯粹、创造的自我获得感。

TWS 领域的 ALLY（ALLY，ALLY PLUS，ALLY PLUS II）系列产品中，小小的无线耳机依然保持着对品质的完美追求，人们戴上这个耳机的时候，能感受到媲美头戴式耳机的降噪效果。即使身处嘈杂的环境，依然能够不动声色地屏蔽不想听到的声音，实现了很优秀的降噪功能。超长时间播放也是这款系列产品的追求，约 11 小时的单次播放续航远超出业内同类产品。这么多超出业界的功能参数，自然加大了其体积，通过跟工程师们反复探讨，既满足设计要求，又不能一味去增大体积，为了解决这一矛盾，工程师们努力控制体积，没有浪费一丝丝内部空间；并在外观上苦下功夫，没有因为体积的增大而影响了舒适度，在人机工学方面做到了极致。

头戴系列耳机产品（ALPHA，ENDURO 系列，FLOW 系列），对人体工程学要求非常高。考虑到佩戴舒适性，佩戴方式，佩戴角度等问题，设计师们做了大量的分析和研究。单是舒适性海绵材料，就做了多方对比，在耳机与耳朵接触面的形态上也做了非常精细的设计。

HALO 系列产品的研发者们，一直在思考一款什么样的音频产品可以使音乐的声音不会妨碍使用者同时处理其他事务，从而能让使用者在享受音乐的同时，仍可顺畅地与人交流。通过区别于耳塞式耳机及头戴式耳机的佩戴方式，这样的需求在 HALO 系列产品上得到了实现：设计师画了很多手稿，终于找到了人和产品之间既能互动又能自然佩戴的场景——将耳机像项链一样戴在脖子上，既体现出使用者的优雅高贵，又能实现播放器的功能，就像电影里的科技感复制到了现实之中！视觉上，颈部挂件使用硅胶材质，呈现出流畅、柔美的 U 字形，音箱部分则给人以强直，切割，简洁之感，一柔一刚，使得视觉效果更为平稳。

　　ARC 音弧是 Cleer 品牌一款引以为豪的开创性产品。不同于一般耳机，开放式概念在它身上得到了真正完美的呈现。作为一款真正不用入耳的耳机，其先导性和创新性都是业内的骄傲，其安全、健康和卫生也使产品有极高应用价值。安全方面，不入耳式耳机让使用者无论是跑步、骑行、步行还是开车出行，都能听到周围的声音，进而避免因听不到外界声音而引发的事故和危险。健康方面，根据世界卫生组织统计的数据，目前全球有超过15 亿人正在承受不同程度的听力损失，维护听力界的安全，也是 Cleer 的社会责任。不入耳式耳机的使用有利于耳道内外环境的平衡，避免长期堵耳听音对听力的损伤。卫生方面，不入耳式耳机不会因为运动出汗沉积大量细菌，相对传统入耳式耳机更加洁净，可旋转并且回弹的耳挂能够适应不同类型和大小的耳朵，在结构上十分巧妙，很好地诠释了工业美学的内涵。

　　MIRAGE "海市蜃楼" 是一款高级音箱。紧跟科技发展的步伐是 Cleer 品牌一直的追求。因此，冠旭电子和劳斯莱斯设计师联合打造了一款既高端又富含科技的音箱。曲面屏的应用一直是各大手机或电子产品厂商正在或将要突破的领域，MIRAGE "海市蜃楼" 率先完成了产品和曲面柔性屏的结合，并且充分展示了这项科技的功能性，为未来其他产品的拓展积累了经验。

　　CRESCENT "心月" 智能语音音箱注重设计和制造工艺，具有高品质、坚固耐用以及出色的声音性能，CRESCENT 外观像一轮新月，寓意新生而圆满。从中国传统审美来看，放置在客厅之中，金色的网则像是一个硕大的金元宝，寓意财富亨通，财源滚滚。而当你只是单纯地欣赏它的外观，那它就像是一个笑脸，让你能够心情愉悦一整天，通过富有想象力的外观，让你真正感受到一个产品的心意。而从外观角度，CRESCENT 形面的构成使用大块转折面合围起来，增强了音箱的整体性和重量感，显得更加端庄、沉稳。

STAGE 便携式蓝牙音箱强调的是细节、纹理功能区块，能够很好地体现产品性能。双麦克风降噪算法提供纯净通话体验，家用或办公都非常轻松；长达 12 小时续航满足全天收听需要；IPX7 级防水能力使其能够在一米水深浸泡 30 分钟，户外使用不惧风雨；NFC 快速配对，连接更方便。蓝牙 4.2，随时聆听美妙音质，配备便携袋，出行保护更全面。

GOAL 专为运动设计，采用亮色搭配，非常具有识别性，也正好符合"突破"和"脱颖而出"运动精神。六小时长久续航满足大部分运动需求，快充五分钟亦可续航约一小时。Freebit ©定制的专利耳翼舒适稳固。半入耳式设计使运动人士专注于锻炼而不会阻塞周围环境声；IPX4 级防水设计则可以让使用者尽情挥汗，无所顾忌。

ROAM NC 的"无线化"技术是任何产品、技术在发展过程中的重要转折点。这款 ROAM NC 产品不仅体积小、佩戴无负担，而且还支持五分钟快充，可提供约一小时的使用时间。续航五小时的音频播放，轻薄充电盒可额外提供十小时续航。IPX4 防水等级，无惧汗水和风雨。该产品将小体积、易携带，功能却不输于其他的高续航产品。

EDGE Pulse 从用户使用角度出发，针对运动过程中无线耳机易掉落的痛点，为耳机搭配颈带设计，使用户能够有选择地搭配使用，有效避免了无线耳机坠落及遗失的问题。作为一款专门为运动而设计的耳机，它具有心率检测功能，让你能够随时监测自己的运动状态。颈带贯彻了极简的设计风格，柔性设计收纳方便，主体的硅胶材料舒适亲肤，为用户提供了轻便、舒适的佩戴体验。

徜徉于 Cleer 系列产品的时空里，联想起冠旭电子的花园式工厂，不觉发出一种喟叹：科技演绎的生命感受和生活图景，居然可以浓缩进一对小小的耳机，让人从音乐的幻化中反哺灵魂的真实。

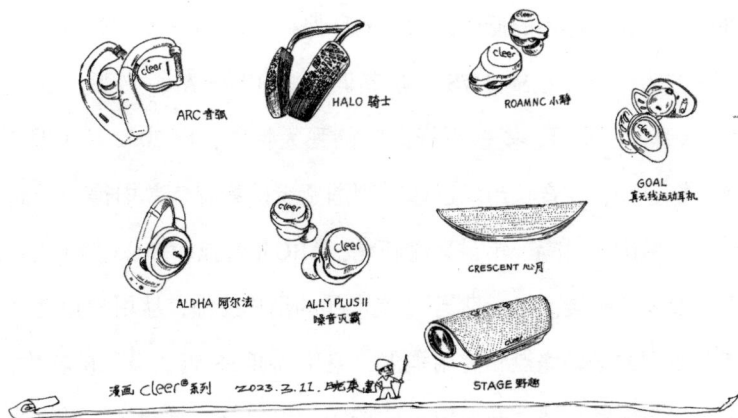

碳索未来

Cleer 品牌的产品基因里，绿色低碳一直都是产品的灵魂。产品迭代更新的设计阶段，就已经植入了绿色低碳理念，包括原料、工艺、可回收等因素，都是按品牌宗旨，强化绿色低碳在产品中的客观表达。

最新发布的 Cleer ARC Ⅱ 音弧开放式智能耳机，可以说将绿色低碳的品牌基因展现到极致。产品从外形配饰到每个元器件，都是可回收再利用的低碳无污染的环保材料。

作为开启开放式 TWS 耳机新时代的 Cleer ARC 音弧，以其"不入耳，不伤耳，安全更舒适"的强大特点，自 2022 年 1 月 1 日震撼登场，在音频市场迅速受到消费者的青睐，并引得一众商友竞相模仿。时隔一年，又逢新元，ARC Ⅱ 音弧于 2023 年 1 月 1 日再度强势来袭。Cleer 基于 1 代产品的用户反馈，从用户角度思考了不同的场景痛点和使用需求，采用高通 S3 旗舰级耳机芯片，结合最新前沿科技，开发出更佳音质，更安全，更智能，更舒适的 ARC Ⅱ音弧。而且，为满足用户个性化需求，ARC Ⅱ音弧同时推出智能音乐耳机、智能运动耳机、智能游戏耳机三款系列产品。

作为一款带入感极强的电子产品，ARC Ⅱ音弧开放式智能耳机所体现出的简洁与纯粹，正是现代人遁去浮躁求得真我的最佳诠释。不仅在音乐的曼妙中，激发重塑自我的精神愉悦，同时，钛合金记忆钢丝—食品级抗菌亲肤硅胶材质、高精度六轴传感器、紫外线除菌等高科技材料的加持，让人们在享受音乐的同时，远离亚健康。升级型人体工学耳挂，让耳朵保持通风，IPX5级防水防汗，环保材料，健康可持续等一系列人性化设计，充分保持了产品的绿色低碳，不存在丝毫污染源。

ARC Ⅱ音弧作为开放式智能耳机的领跑者，尽显了 Cleer 品牌的绿色低碳特征，创新设计和独具特色产品功能，无所不在的人文元素，使之获得了"碳标签许可和碳足迹评价"。

如果说第一代 ARC 音弧产品给用户带来了听音场景下的"安全"与"舒适"，那么，ARC Ⅱ音弧则在保留了原有安全舒适的基础上，升级了智能，这一质的飞跃，赋予了耳机更多的想象空间。

难能可贵的是 ARC Ⅱ音弧提供了超越传统耳机单一的听音功能，以帮助用户在不同的使用场景下，可以更好地提升生活品质。Cleer 是国际智能声学品牌，追求极致精神，并不断探索"智能声学"的新突破，开创了第一代不入耳的开放式耳机市场，再一次超越了耳机的传统听音功能，赋能耳机更多智能科技，对电声行业做出了创新性贡献。

与现在市面上的 TWS 入耳式耳机主要以主打"降噪"功能相比，ARC Ⅱ 音弧则凸显智能科技，强化不入耳的"开放式设计"，不局限于听音的工具，而是通过智能加持，与市场现有同类产品及友商拉开一段更大的差距，登顶智能声学第一品牌。

作为深圳市近零碳排放企业，冠旭电子旗下的 Cleer 品牌所有产品，从零出发，碳索未来，将与生俱来的绿色、低碳元素运用在产品全过程。ARC Ⅱ 音弧更追求独特性以及原创性的设计理念，产品荣获中国工业优秀设计金奖提名奖、中国红星奖、日本 Good Design 设计大奖、CES 创新大奖、德国红点设计奖等 40 多项国际创新创意奖。

Cleer 品牌有着对市场精准定位的市场策略，在全球经济处于低迷期的当下，ARC Ⅱ 音弧高调祭出，尽显品牌自信，入驻国际奢侈品百货店——英国 Harrods 哈罗德百货和 Selfridges 塞尔福里奇百货，以及在美国多个城市的旗舰店均有专柜销售。在国内，Cleer 品牌业务网络已遍布 1000+线下体验店，渠道覆盖 32 个省份。

凭借声学领域全方位的核心技术，对智能穿戴及人体耳环境健康深度探索，推出划时代的科技产品，让智慧音频与人更接近，以满足用户高质量的生活追求。秉承"Quality That Inspires"的品牌理念，致力于向人们创造脱颖而出的智能声学产品。

绿色亦为健康，低碳亦为可持续。更高的生活追求有 ARC Ⅱ 陪伴。

2022 年，冠旭电子旗下产品 Cleer ARC 已完成深圳市标准技术的产品碳足迹评价报告，授权使用产品碳标签。这标志着 Cleer 绿色低碳发展迈向新阶段。

Cleer ARC Ⅱ 音弧用科技创新演绎绿色低碳视听神话，因为前所未有，所以独领音频行业潮头。

天籁之音徜徉魂魄

——Cleer ARC II 音弧智能音乐耳机走笔

　　Cleer 产品始终走在不断创新的路上，升级版的 ARC II 音弧开放式智能耳机，以智能音乐耳机、智能运动耳机、智能游戏耳机三款同型系列强势登陆，震撼了整个音频行业和耳机电声市场。

　　ARC II 音弧智能音乐耳机，也称之为开放式智能音乐耳机。从音乐欣赏的角度，Cleer 电声音频产品在声学科技的探索中，形成了自身独有的 Cleer 品牌音效，将各种音乐形式的体验以智能手段，随音乐表达的场景，自适应地调整高低频推送层次，让音乐以梦幻般的意境绰约眼前，不论安宁中的欲言又止，还是奢华渲染出的瑰丽缤纷，听者都能在音符的错落中感受到音乐的初衷。

　　与传统耳机的单一听音功能相比，ARC II 音弧智能音乐耳机的核心技术及功能，可以说无愧于国际知名智能声学品牌，国内开放式耳机第一品牌的称号。热爱音乐的朋友看到其功能详述，亦会惊奇不已，超乎想象的功能体验，甚至让生活离不开音乐伴随的人，都不得不叹为观止。他们没想到冠旭电子 Cleer 品牌，在一枚小小耳机上承载了如此之多的创新科技，已经远远超出人们对耳机的认知范畴。看似简单的不简单，透着极简的设计风格，展现的却是科技演绎艺术与人文的熠熠光辉。

从专业角度解读 ARC Ⅱ 音弧智能音乐耳机，体验是首要的。我们习惯于在体验一款产品之前，先直观了解其形状和性能，再通过产品介绍来知晓构造及功效。对于首次面市的以使用指向群体而分类的个性化耳机，所引爆的消费触点自然会产生非同寻常的反响，毕竟它是占据全球开放式智能耳机行业领先地位的品牌。

解析 ARC Ⅱ 音弧智能音乐耳机，且先看它核心科技所囊括的功能：创新型开放式设计、升级型人体工学耳挂、环保材料，高通 S3 音频平台、全新蓝牙 5.3、内嵌支持 LE Audio 蓝牙音频技术、aptX™ Lossless 高通无损音频、Qualcomm Snapdragon Sound 骁龙畅听技术首个开放式耳机官方认证、Cleer DBE Dynamic Bass Enhance 专有动态低音增强技术、aptX Adaptive 智能自适应连接、独立高保真专业功放、16.2 毫米大口径定制喇叭单元、高精度 6 轴传感器、动态 3D 环绕空间音频、IPX5 级防水防汗、双向智能防丢提醒、久坐提醒、多设备双连接、Cleer 专属音效、自适应通话音量调节、双麦智能通话降噪、aptX Voice 超宽带通话、智能语音助手、麦克风抗风噪技术、超强续航 35 小时。足足 26 项的科技爆点，凝结于一个小耳机，想想都霸气。

对于爱好音乐的人来说，ARC II 音弧智能音乐耳机带来的听音世界，细致到音符滑落至心中的每个瞬间，旋即被感染与震撼。绝佳的音质，如同 CD 级的听觉感受，无论在何时何地，都能获得想要的心境。特别的黑科技加持，优化音频连接和移动技术，提供始终一致的高清无损音质、可靠连接和超低时延，打造无缝顶级的沉浸式音频享受和超清晰的语音通话。逼真的现场声感，不挑环境，轻松实现嘈杂环境及有风条件下的高清通话，犹如面对面沟通。Cleer 专有的自适应通话音量调节算法，通过实时检测环境噪音，自动调节通话音量大小。安静时，自动降低音量，不漏音，保护隐私更安心；嘈杂时，主动提升音量，听得清晰不费劲。

ARC II 音弧智能音乐耳机是一款满足用户心理预知、让未来信手可及的心灵神器。能够触摸心灵的存在人人向往，就像最近火遍大江南北的那首《早安隆回》，喜悦于回望来处的林林总总，坦然而淋漓尽致地挥洒希冀。音乐所能承载的精神力量可以为生活塑身，使之达到极致，而 ARC II 音弧开放式智能耳机恰是鬼斧神工之作，让你在不觉中抵达听音巅峰，心临天籁，情愫凿凿，忽地看见生活已别过往昔，眼前崭新的世界将你围拢其中。

铿锵节奏心飞扬

——Cleer ARC II 音弧智能运动耳机臻释

源自科技创新衍生的人文关怀，总让人感觉很暖心。Cleer ARC II 音弧智能运动耳机，不但具备 Cleer 品牌的独特基因，更是开辟了全球智能耳机的新纪元。作为 ARC II 音弧系列产品之一，以关爱生命健康为主题，以用户至上的社会担当，在音频行业独树一帜，首次在开放式耳机中，革命性地加入了"6 轴传感"黑科技，耳机可识别头部动作而营造身临其境的环绕声场，听音更震撼；同时，可结合不同维度的算法，进一步实现更多人性化的运动和健康的辅助功能，刷新耳机的智能体验。

Cleer 品牌旗下的所有产品，从来不缺少打破认知所需要的创造性，不仅让用户眼前一亮，更是带着极富磁性的存在感，引领人们获取一份守候健康的期许。音乐伴随运动，是近些年的一种风尚，精神愉悦抚慰中的身体舒展，身心合一的健康追求，改变和提升生活品质的同时，给生活增加了积极向上的乐观心态。

ARC II 音弧智能运动耳机之所以打破惯常，给耳机注入激发运动动能的科技元素，就是想将音乐变成一种促进健康的有效氛围。创新了更多超强的智能交互功能（智能计步/智能体控/智能防跌倒提醒/抗风噪/防水防汗/紫外杀菌等等），帮助用户在运动过程中，提升运动体验。

舒适的佩戴体验，以及卓越的音质表现，是 ARC II 智能运动耳机独特性的支持。不入耳，可以让我们的耳朵保持通风，清爽，不会因为运动长时间出汗长而堵塞；不胀耳，轻轻推开挂在耳朵上，既没有传统入耳的肿胀感和不舒适，又没有骨传导的压脸骨和不美观，佩戴轻盈舒适稳固；健康卫生，耳朵保持通风，就不会因为在运动长时间出汗久了堵塞而沉积大量细菌，相对传统入耳式耳机更加卫生，是耳朵炎症患者的福音。

使用耳机运动时，耳机可识别头部动作而营造身临其境的环绕声场，听音更震撼；可结合不同纬度的算法，进一步实现更多人性化的运动和健康的辅助功能，刷新耳机的智能体验。独特的意外跌倒紧急联络设置，基于耳机内置的高精度 6 轴传感器，用户在佩戴耳机时，当检测到用户摔倒时（会触发耳机 6 轴传感器发出疑似摔倒指令），耳机向手机 APP 发出核实指令，当核实指令无法得到用户的响应时，系统将自动帮用户启动紧急联络。智能计步设置，精准记录运动步数并输出：跑步模式下，实现计步功能。配合体感科学算法智能学习并进行姿势识别，支持静止、走路、跑步等模式，根据用户所处状态，智能切换背景音乐效果，带来更好的听觉体验。

　　ARC Ⅱ音弧智能运动耳机的充电仓，可以为耳机充电的同时，开启内置的 UV 紫外线来杀死耳壳的细菌，经专业机构认证，对于大肠杆菌和金黄色葡萄球菌的杀灭率高达 99.9%，用耳更安全更卫生，同时还可以消除长久佩戴的皮肤油脂异味。

　　人性化的完美设计，使得 ARC Ⅱ音弧智能运动耳机兼顾了音乐与运动互为健康伴随的生活新模式。对排解和分散单一运动产生的枯燥与疲劳，改善和提升生活品质提供了前所未有的全新体验。其最大的特色，就是体现在"智能"上。运动版更符合中国新一代中产对一款创新型运动耳机的想象。除了基础功能外，在运动方面还涵盖了大部分的使用场景，从细节到运用上都以极致作为目标。

远超想象的追逐

——Cleer ARC II 音弧智能游戏耳机揽胜

意想不到的效果出现在想要的生活里，随之而来的震撼与惊喜陪伴现实走向巅峰。新中产阶层的生存空间里，不再是按部就班地守旧沿袭，他们是一个有自己想法的群体，所以，Cleer ARC II 音弧锁定了他们，游戏版智能耳机是一款舒缓情绪，释放压力，获取全新视听感受的产品。Cleer 的品牌战略与新锐白领和新中产阶层的精神趋向、消费习惯、生活认知不谋而合。

因而，Cleer ARC II 音弧智能游戏耳机以更震撼、更细节、更具感染力的听音体验，吸引着更多向往新生活的人们。

ARC II 音弧智能游戏耳机，与智能音乐耳机、智能运动耳机三箭齐发，再次引爆全球开放式 TWS 耳机市场。与传统耳机相比，更大的动圈，独立前后腔声学设计，低音更强劲，犹如沉浸两个私人音响般畅爽。16.2mm 大口径喇叭，共振频率低，低频更多，承受功率更放大，音量更大，效果更震撼。无论在视频、音乐还是游戏，实现动态自动调整，提供声音和媒体画面同步的音频效果，达到身临其境的用户体验。听音乐时空间感强，如临现场，游戏时声音立体，听声辨位，战力加强。

个性化设计加持黑科技，动态实时追踪头部运动，实现声音实时跟随头部位置变化而变化，营造影院级360°真环绕声场，带你身临其境，让你沉浸在音效中心，全方位感受高品质影音效果。通过Cleer专属蓝牙Dongle，搭配Cleer ARC Ⅱ游戏耳机，轻松实现高清音质、超低延时听音及游戏体验，助力玩家在游戏过程中精准听声辨位，火速出招。在复杂的环境下耳机连接不会断音，智能调整数据传输码率，连接更稳定，让用户获得更顺畅的听音或者游戏体验。新一代无线技术，左右耳同步接收蓝牙信号，连接更稳定；超低游戏延迟，让您身临战场，听音辨位，快人一步。

在一代ARC音弧的基础上，Cleer ARC Ⅱ音弧智能游戏耳机交互全面升级，你可以通过在耳机上触摸实现精准操作，同时更增加了基于耳机内置6轴高精度传感器的体感控制，通过点头与摇头，即能实现对耳机的控制，两者相互配合，让操控变得好用简单。得益于超大电池容量和优异电源管理，续航能力再提升，单次续航长达8小时，搭配充电盒，整机续航长达35小时。爽用爽玩，不再因电量产生焦虑。

一款与众不同的产品，都有与生俱来的气质。ARC Ⅱ音弧自然尽显 Cleer 品牌基因所演绎的简约与独特、创新与低碳、时尚与智能的创造理念，身居音频行业前沿，以自带光芒的荣耀，不断进取，所向披靡。亦如游戏版 ARC Ⅱ 音弧智能耳机，玩的就是心到手到，抢先一步，驰骋疆场，谁与争锋。

Cleer · 中国声

Cleer 品牌战略中，最鲜明的特质就是追求极致。做一款产品，不难。然而，要做一款好的产品，则需要付出全情，需要坚定的信念和坚持。2012 年，Cleer 创始人吴海全先生怀着对技术真正热爱和对音乐的热情，想把高新技术真正应用在大众的生活中，想让全球消费者知道，中国的高科技产品是可以做出来的，也是可以走高端路线的。产品才是核心竞争力。能成为全球电声音频市场的知名品牌，品质与功能自然有着不可替代的独特性，而品牌同样在某种意义上成为国家象征。

由于文化背景的差异，不同国家人喜欢的音乐风格不同，所以，业界就流传有"英国声""美国声""德国声""丹麦声""日本声"等之说。具体表现为就是该国家或区域的主要音频品牌都有自己的声音风格。但是没有"中国声"的说法，不是我们没有文化，而是国内企业大都是已以代工开始做起，都是按照客户的要求来做，真正形成自己风格的品牌屈指可数。

　　当绝大多数的耳机厂商还在改进设计和优化音质的时候，Cleer 已经率先闯出一条完全不一样的路，正在向电声音频行业注入"中国声"。

　　"Cleer"与"Clear"同音。Clear 有清澈之意，作为形容词使用时，它是"清晰"之意；作为名词使用时，是指"不再困难的""不再困难的"——也就是提醒我们，要脚踏实地，坚持不懈地突破工艺、音质和设计标准。作为一家国际智能声学品牌，Cleer 自身专利技术搭建了坚固的"护城河"，用自己的行动实践着"不再困难"，也是演绎了一段狂热音乐爱好者的故事。

　　"清晰"的汉语释义是清楚、逼真。在艺术欣赏中，有着概念情境化、抽象具象化、空白具体化的审美效果。这是 Cleer 以汉语引申的表达，给品牌植入的中国元素，以中国人的审美习惯，利用声学技术，重叠音乐释放的文化认同的情感修饰。与英文 Clear（清澈）的审美单一化相比，多了一些宽厚、放达、灵智、多维、虚实交错的蕴意。

　　从技术层面上讲，在行业内耕耘多年的 Cleer，通过不断的研发，在短短几年内，从拓展降噪耳机，到成为业内领先的降噪解决方案提供商，以一己之力助推声学科技发展，让世界听见中国声是 Cleer 的目标。

　　电声音频产品声学输出过程产生的音效，某种特有频段就是这个产品的灵魂，就是品牌的风格所在。高低频此消彼长的相切过渡，或以牺牲某一频率去增加音乐播放的推力，达到人声合一的境界，不知不觉中形成符号学范畴所获得的普世认同，品牌自然有了自己的风格备注。一旦形成了自己的风格，不用你去告诉别人你是谁，即便放在眼花缭乱的同类中，也会被一看便知。

Cleer 正不断刷新着自己的存在感，"中国声"的品牌认同方兴未艾，在全球电声音频市场毫无愧色地与 Bang & Olufsen、拜亚动力、索尼等国际大牌电声音频品牌比肩于世界电声产品的殿堂。

Cleer 在终结一个没有"中国声"的全球电声音频时代。

细 节

  Cleer 作为冠旭电子旗下国际智能声学品牌，发源地坐落在深圳国际低碳城的花园式工厂里，对于技术想走在行业前面的企业来说，创造力一直是必不可少的。当 Cleer 进入音频市场时，几乎立即成为创新者。

  有些人很不喜欢戴耳机，因为戴耳机堵耳朵、耳朵闷，会隔离外部声音，有遗漏信息或不安全风险。为了解决这个痛点，Cleer 另辟蹊径，在发展的路上，坚持创新，彻底重塑 TWS 耳机市场，研发划时代的开放式真无线耳机，开始了自己的破圈行动。2019 年 8 月份他们就开始做产品概念工程验证。由于当时 Cleer 是第一家做开放式耳机，市面上没有可参考的产品，所以产品的人体工学、功能、音效都要全新设计。

  明显的设计为导向，意味着他们不仅专注于工业设计，还专注于整个用户体验。这是一个耳机品牌，知道如何吸引客户，通过从产品的功能、卖点，从用户的角度出发，去定义创新，定义产品。

为此，冠旭电子耗费几年时间花费巨资开发出了 Cleer 标志性专利喇叭——无铁芯喇叭。无铁芯喇叭采用特殊的无铁芯磁路和镁振膜设计，失真度低至 0.3%（普通喇叭失真度 1%），提升声音还原度，高强度轻质量镁金属膜片降低分割震动，增加喇叭有效频宽，提升喇叭解析力，使无铁芯喇叭具有高保真度和细致的高分辨率，能够还原水晶般的声音。

特别是在概念工程验证阶段，刚开始设计是头戴式开放式耳机，但由于佩戴问题、底噪问题、产品尺寸等多方面问题，研发人员也提出多种解决方案，问题始终不能彻底解决，过程中整个设计被多次推倒重来，但他们没有放弃，一步步地改进，直到 2021 年 2 月份才确定了现在销售产品的 TWS 原型。产品 ID 设计确认后，结构、硬件、声学、FR 等多方面都面临着很多挑战需要验证。

声学方面最大的挑战是音效。设计上需要增加一颗功放，提升低频效果，但增加功放就意味着功耗增加，要增加电池容量，即要同步增加电池体积，但这样已经确认的产品尺寸就放不下了。站在声学角度把声音调好，要求一定要增加功放，但负责外观设计的工程师不同意改变产品尺寸，产品部负责人也表示不加功放的音效已经可以接受了。而面对这种情况，能做的就是在现有尺寸不改变、不加功放的基础上进行优化调试。按照传统的方式进行喇叭优化、调音孔位置修改、EQ 调试等方法，虽然进行

了很多轮优化，改善效果却始终不明显，没有达到设计预期的
效果。

随着产品 DV1、DV2 试产结束，距离 MP 的时间越来越近，
虽然没有人提音质问题，声学工程师却越来越紧张，压力越来越
大，那段时间经常晚上睡不好，因为音效没调好，没有让自己满
意，心里还是总放不下。

开放式耳机是一个新的品类，这款产品验证开发的时间比较
久，过程也比较曲折。让声学工程师欣慰的是调试出来的音质，
最终达到和超过了设计预期的要求，一经发售，在业界引发轰
动，并获得消费者的强烈喜爱。

倘若没有工程师们对细节的关注、对品质追求完美的前瞻
性，品牌就会缺少一些底气。在当前竞争激烈的市场中，Cleer 的
品牌形象之所以如此吸引人，原因就在于他们致力于创造无与伦
比的用户体验。Cleer 专注于使用设计来创造脱颖而出的产品，坚
持原创设计开启开放式听音新时代。

随着 Cleer 系列产品的热销，Cleer 品牌创造了一些追随者可
以真正爱上、欣赏并继续使用的产品。冠旭电子解开了品牌忠诚
度的复杂性，并为他们的产品创造了近乎崇拜的追随者。所有这
一切，均源自细节。Cleer 在不断创新中，抓住了机会，在一群
"声音爱好者"中树立了声誉和身份。

耳机中的劳斯莱斯

Cleer 产品在当今市场上的持续创造吸引力，证明了 Cleer 设计方法的可持续性。通过将视觉吸引力与技术相结合，找到了自己的与众不同之处，摆脱了市场上蜂拥而上的竞争对手。

把耳机做成奢侈品，这听起来似乎有点滑稽，当看到 CleerNEXT 耳机的设计阵容，产品性能、设备配置、工艺和选材的时候，有惊掉下巴的震撼：洛杉矶宝马设计中心—劳斯莱斯幻影设计师 Andrew 先生亲自操刀的 ID 设计；铝合金结构与蜂窝状网面相结合，仿生设计，重量更轻，结构更坚固；40mm 无铁芯喇叭专利技术，进口镁合金振膜，生动细微的高分辨音质；日本四芯无氧铜 HiFi 专用音频线确保出色解析力；瑞士 LEMO 接插件，确保稳定连接；Hi—Res 高解析力认证；柔软的羊皮和记忆海绵的耳套和头戴，全方位贴合周围皮肤，达到舒适的佩戴效果。

通过这样的一系列方式传达出来的产品信息，品质与工艺近乎完美地展现眼前，仿佛天籁之音早已盈贯耳际。

2017 年 5 月，收到来自劳斯莱斯幻影主设计师设计的 NEXT 的 ID 和 CMF 时，瞬间触动了 Cleer 研发团队的工程师们兴奋点。整个外观刚劲有力，方与圆的结合，彰显东方文化的同时，又有着西方的奔放、时尚。它就是耳机中的"劳斯莱斯"。

冠旭电子的工程师们本着精益求精的工匠精神和劳模精神，一次又一次地试做，一点一点地改善、优化，终于在 2017 年的 11 月份完成全球第一款 40mm 无铁芯纯镁振膜微型扬声器，这是一款全球最低失真（全频带小于 0.3%）的微型动圈单元，此扬声器开发成功并马上应用于 Cleer NEXT 高保真耳机，并在 2018 年的 CES 展上大放异彩，获得超级好评。

这款产品量产以后，做到真正的"0"缺点，将产品打造成品牌的旗舰产品，给用户最好的极致体验。正是冠旭电子的工程师们，在产品设计研发中，把自己当用户，对产品性能及可靠性提出高标准，才有了 Cleer 品牌魅力。

也正因如此，Cleer NEXT 获得美国 CE Week 金奖第一名，获得美国 Good Design 大奖、美国 CES 国际电子展创新大奖、德国红点奖等。

简　约

　　走在深圳冠旭电子的花园工厂里，仿佛世事风云不再，余念不生。你不会去想任何繁杂的事物，生怕冲淡了这难得的纯然。由此想到，冠旭电子旗下 Cleer 品牌缘何倡导极简主义的由来。

　　Cleer 沿用了北欧简约设计风格，更加注重实用性能。虽然 Cleer 认为艺术与科技同等重要，但他们不会过度设计。相反，他们采取了极简主义的方法——提供适合国内及世界的独特形状。

　　晋葛洪《抱朴子诘鲍》有言："质素简约者，贵而显之。"我们的先人早在一千七百多年前，就已经懂得简约即格调。

　　作为一种追求不凡生活格调的对应，生活用品陈设带来的感官，不论触摸和视听，或其他感知，所带来的都不是物体或存在的本意。即便到了二十世纪中期之后，与极简主义相近的后现代主义、结构主义、未来主义也试图以各种形式，来表达高于感知和存在的本意，都以自我否定而告终。本意只在行为之中，说白了，就是你想要的，它的最高境界就是你知道它存在，并让你的精神和生活获得愉快，但你不知道它是谁，或者是什么。

如同音乐，不同场景，不同心境和不同需求所产生的共鸣，只是你想要的一种体验和想达到的感受。

Cleer 找到了打开不可知无须知却遍在的密钥。

很少有人去释读品牌语义，而把获得和体验放在首位，品牌的美学意义因缺乏故事性而变得生冷。Cleer 在品牌推广实践中，围绕精神向美的人文情怀，抓住细节，放大人们不经意的产品设计用心，普化用户对产品的全面了解，实现产品在类比过程中的自我超越，从而起到品牌传递的作用。

简约在这个过程中，已经不知不觉地由设置、使用、感受等层面，蜕变成一种影响生活的心理依赖，继而形成否定原有认知的新生活方式。Cleer 一直在为实现这个品牌目标努力着，这是一种推动社会生活进步的善意。

当人们在繁杂事物中一头雾水时，对一目了然的过往充满怀念，而现实尚无法给予这样信手拈来的体验。那么，简约就成为生存趋势，一种打破如实观照的冀望，开辟提前进入未来的体验空间。

这就是品牌所在。

Cleer 品牌寻求与同类产品差异化，在丰富创新实质，满足个性需求的同时，聚焦点放在简约而现，心灵而安的瑰丽绽放为呈现上。简约的遵循是透视生活现象和消费心理需求，打造外观和性能皆有独创性的产品，最大可能地增加潮流融入感，不仅是时尚，也是生活，而不是把产品纯粹当生意做。

由此，在用户眼里，Cleer 不再仅仅是一对耳机。

简约带来人性化的消费回应，随着时间推移，在越来越多的 Cleer 用户那里，印证了极简主义由表象到内心，再由内心反刍未来愉悦的品牌创新理念。

来听听 Cleer 创意团队的品牌期许——

"我们是一群文化背景多元但同样热爱音乐的人，希望创造出鼓舞人心的未来，以改善人们的生活方式。"

"我们是新科技的狂热追随者，愿意坚持不懈地突破工艺、音质和设计标准，打造脱颖而出的智能声学产品，为引领新潮流不断努力。"

"我们相信，一个伟大的品牌，一定可以凭借杰出的产品，帮助用户实现更美好的生活。"

"Cleer 产品，让您获得灵感与快乐、与世界更清晰地互动，让您沉浸于音乐之中、逃离现实的嘈杂尽享当下。每一次美好的体验，都唯你独有。"

魔　幻

在冠旭电子的产品展厅，观赏 Cleer 国际声学品牌的系列智能耳机和智能语音音箱，面对各种新颖奇特的产品造型，浏览两个来回，脑海里一直像种子发芽急于拱出土层那样，不停搜寻一个形容此情此景的比喻，有一个词几次闪现，在权衡与其他词语作比较时，这个词总是当仁不让地出来左右我的思维，它就是魔幻。

辞典里对魔幻的释义是：主要体现在表现人的创造力和文化方面的重要精神财富。

通俗地说，就是通过某种具有特殊手法的描述或玄化，达到精神震颤和灵魂附依。文学、绘画、音乐，以及现代科技催生的电声、影像，都可以促使人们的心理自觉。

那么，一只智能耳机，缘何让我如此浮想联翩，并与魔幻纠缠，一度占据了我大部分思维空间呢？

记不清楚是谁说过，魔幻是"能让人过瘾的精神体验"。

一个细雨绵绵的夜晚，因为 Cleer 引发对魔幻的遐想，我重读马尔克斯的《百年孤独》，这是第七遍读它了。书中吉卜赛人用两块磁铁的魔力，让人们看到匪夷所思的事情成为真实所在。而这种体验并没有开悟蒙昧，只是煽动人的欲望逐渐剥离了动物属性，开始了精神的自我完善。

戴上 Cleer ALPHA（阿尔法）头戴式降噪耳机，选了一支肖邦的《幻想即兴曲》，音乐响起，窗外雨的淅沥声瞬息消隐。我调整了一下坐姿，继续阅读，不知过了多久，耳机里的音乐与书中的文字在视听觉双重作用下，把我送进了梦乡。

一座貌似冠旭电子花园工厂的庄园里，水塘边开满了细碎的勿忘我，背后是雨雾后的一道彩虹；迎面的哥特式小楼依偎在林木怀中，楼前的草茵上人头攒动，或三两欢聊，或三五围拢，好像正在举办一场沙龙。突然，舒缓的钢琴声在一个休止后发出清脆的强音。我战栗地抖了下身子，睁开眼睛，眼前却是落地灯洒下的一片光晕。

循环播放的曲子依旧从耳机传出，梦醒之间的穿越，多半是醒来后的混沌，极力想找个安放心的地方。此刻我没有了睡意，行走在音乐的天空下，沉浸意想不到的意境中，想想都觉得生命原来还可以如此奢侈。

科技给了精神由此及彼，再由彼溯此的时空往复。智能声学 Cleer 所演绎的视听魔幻，就像吉卜赛人的那两块磁石，让人们有了发掘沉寂日常的宝藏，重新获得自我评价并释放自我的契机。

人们往往把促使这种体验的载体，称之为奢侈品。Cleer 品牌已遍布世界许多奢侈品店，起初我并不明白，在当今是不能再普遍的电子产品，商店比比皆是，为什么 Cleer 会出现在奢侈品店里？

我沉思着，伴随肖邦的《幻想即兴曲》，耳机的降噪功能把我与外界隔绝了，在纯洁、辽阔的音乐中，我仿佛一只畅游天空的鱼，心灵如翼。努力地去衔接生命中的奢侈与奢侈品之间的逻辑关系，从而更加细致地走进 Cleer 电声世界。

想活得明白的人，往往因为迷惘，很容易着迷于魔幻。爱马仕总裁克里斯蒂安·布朗卡特有一段评价奢侈品的话："真正的奢侈品是变色龙，是栅栏，是兴奋剂，是煽动者，它让人安心，给人抚爱，让人平衡；它自我证明，自我解释；或者相反，没什么可说，只存在而已，只因其美丽而恰当。"

猛然间，我豁然开朗，一个执着、热情、融洽的团队合在一起创立的品牌，让我感到为 Cleer 工作而自豪。Cleer 不正在给我这种感觉吗？

我一边欣赏着、聆听着，音乐在耳机里盘旋，我把自己也魔幻了。像站在窄门前的圣徒，远远听见天国的声音，从容贯穿于生活与灵魂。

花园工厂

第一次来到冠旭电子位于深圳龙岗区坪地的工厂，一行六人通过严格的安检，填写完来访登记，车开进了厂区。

走出绿荫掩映的停车场，我被眼前的景致撞呆了：这里完全颠覆了我以往对工厂概念的认知，依山而建的高大楼宇，被苍翠成林的参天大树围拢其中，楼宇之间由一片片各种植物的林子衔接着，有樟木、槭树、毛竹，还有很多叫不上名字的树木。林子边缘修剪成形的灌木相连。林中曲径通幽，偶现一竹楼、茅舍错落一隅，仿佛置身在南国园林里，根本无法与工厂联想在一起，太让人难以置信了。

整个厂区是绿色的，而且没有刻意雕琢的痕迹。这种震撼的感觉令我久久不能平静，还没有缓过神来，负责接待我们的王先生向我们表示了欢迎。他露出一脸灿烂的笑容，请我们跟他一起去参观 Cleer 的精品体验店。

我走进 Cleer 体验店，全是琳琅满目的智能产品，真是大开眼界。一般人都用过耳机，但能说出耳机所以然的人，恐怕少之又少。今天来访的目的不是为了了解耳机性能，只能暂且算是看客。

我们六人此行的意向是与主人交流企业文化。

而从进入工厂，看到如此别致的景观，想到与主人交流的主题，心里不觉有一丝忐忑，这里的一切都已经很好地诠释了某种文化所在，我不知道还有什么比已经具象的文化形体，再需苍白的文字予以多余的赘述。

来到一张宽大的长方形会议桌前，主客各一边相对而坐。让我肃然起敬的是，根据我们到访人数，对方安排了六人，可见主人的用心。主人一边向我们做着介绍，一边听取品评。此情此景，让我感到在这里，文化的渗透无所不在。

接过主人分发到手的四本册子，大致分为两类，即企业概况与产品介绍。边看边听几位负责企业文化创意宣传的职员讲解，然后是我们针对企业自身的解读，提出一些建议。

感觉我的同行们都在说些知之而不知的话。

倘若需要应付，主人没有必要请我们来。提升文化认同是为了迈上一个社会层格，就事论事仍然是停止在原来的形态上。虽说提高文化的社会认同和企业自身素质，是对品牌深度锻造的一个途径，但它不需要复述，只能找缺补遗，戳中痛点，方可善及。

匆匆浏览了那几本企业手册，发现企业的宣传文字太基于形式的表述，而忽略了情怀的本质。通俗点说，就是太"工科生"了。

思忖再三，在这个问题与之前看到的工厂景观之间，我极力寻找表达的平衡点，一个极富韵味的花园式工厂，已经表露了主人的文化意愿，而落在文字上，怎么就走了样呢？

抬头向对面望去，顿然开悟。原来除董事长吴海全先生之外，都是 90 后的新生代，情感落点着陆的时空交叉出现了轮空。快节奏的存在状态，派生的只是直接和达观，入心的也只剩下获得感。感动不了自己的东西，拿什么去感动别人，何况所要延伸至所有庞大的消 Cleer 消费群体。

我说出了自己的想法。

得到了企业的认同，但我需要思考的东西很多。比如企业自身营造的归属感，产品品牌的社会认同感，产品品质在与消费之间的表达意愿上，是否存在文化彰显的遗漏，如何通过文化注入使品牌深入人心。

Cleer 无疑是一个富有巨大潜力的品牌。

与主人结束座谈时，已近暮色。一同来的人似乎意犹未尽，还在与主人攀谈着，而我独自出了行政楼，再次来到厂区。

晚照中的厂区，被渐变的天色蘸饱了水墨，仿佛一幅大写意的中国画，徜徉其间，偶尔传来几声清脆的鸟鸣，平添了几分生动。带着座谈会上的思考，极力搜寻焙炙品牌的贴切思维，以及如何获取消费过程产生的品牌拥戴。

　　亦如这如诗如画的花园工厂，本该是 Cleer 最好注脚，却因低调内敛，不宣于外。而这样的态度十分契合奢侈品牌的定义：懂得等待，懂得付出，懂得产品会自己卖出去的。

　　穿过竹林中蜿蜒的石径，发现整个厂区的每一片林子都亮起了景观灯，充满迷幻般境界中，疑似有音乐低回耳畔，忽远忽近，又忽近忽远，但却可以捕捉到某种心灵的真实萦绕周围。

把活干好（一）

品牌无一例外来自品质赢得的消费信任。品质源于技术，技术源于锲而不舍、一丝不苟、不断创新、精益求精的工匠精神。

在深圳市冠旭电子股份有限公司，参与 Cleer 产品研发的技术团队中，有电子工程师、声学工程师、软件工程师、产品设计师等等。在我接触过他们中间的几个具有代表性的人里，都有一个共同心声，那就是把活干好。这是怎么样的一种融合啊！Cleer，作为国际智能声学品牌，就在深圳这座科技之城安下家来，看表面与其他品牌争先恐后，其实隐藏着一个大道至简的真理。Cleer 就是城市中的一员，踏实地活在城市中心，因而各种困难与各种优势都同时与它相依相伴。

Cleer 系列智能耳机的每一款产品，在其设计开发过程中，所经历曲折和技术难题，每一款产品的问世，都印证了研发者千曲百折、力求完美的探索与创造历程。用一名 Cleer 产品设计开发亲历者的话来说，Cleer 的每一款产品都是不断打磨出来的。透过打磨两个字，首先让人想到工艺，往精深处想，就是专注、忘我、乐此不疲。

例如 Cleer ROAM NC 入耳式真无线蓝牙耳机，在产品开发设计过程中有过许多问题，如通话质量不清晰、通话过程中断断续续、佩戴不舒服、耳朵痛、耗电快、触感不灵敏等问题。这些问题经过 Cleer 工程师的努力，最终都一一克服。一只小小的耳机，容纳各种元器件的空间很狭小，精密度极高，工艺极其复杂，查找问题和排除故障，都需要不计其数的拆解、组装；还有对每个元器件的检测，都不是手到擒来的事情。不管是哪里出了问题，都要逐一排除，分析原因，制定相应的改进方案。

在这里，每个人都会有杰出的表现，所以才能做出个性无双的产品，进而打造出当之无愧的品牌。Cleer 的每一款产品，从设计研发到进入市场，每一个环节都像在精心雕琢一件奢侈品，但它却不会给用户带来高处不胜寒的仰止与畏缩。

这就是 Cleer 的品牌荣耀！

把活干好（二）

挑战自我，追求完美，以常人所不能，去创造超乎想象的精彩，这是工匠精神所在。亦如《道德经》所言："致虚极守静笃，万物并作，吾以观复。"专注而着迷。

透过 Cleer 系列电声产品雅致的外观和高品质的视听音效，不由让人萌生一些好奇的遐想，不禁想走进它的世界，将这种独特的精致探个究竟。与设计研发人员的接触中，坚守本职，求实创新是每一个人所要表达的心声。这有点像常言评说工匠的"谋一事，攻一生"。不懈追求品质，精准对标消费所需，是我们这个时代给品牌赋予的新意。

冠旭电子着力于声学科技之未来，是因为有一支信念执着的创意团队。每一款产品在研发阶段就开始用跨越式思维，在遵从科技的同时，让产品在消费过程中，以合乎情理之中和意料之外的逻辑推演，达到树立品牌的内在功效。而做到这一切的归结，还是把活干好。

Cleer 品牌中，时下最热销的当数 Cleer ARC 音弧开放式真无线耳机。它是继 TWS 后的第三代智能耳机，有着引领耳机市场，置顶耳机品牌行列的产品。在开发这些产品的过程中遇到各种各样的问题，有通话质量不清晰、通话过程中断断续续、耳挂弹簧的弹力不稳定、听音乐卡顿、ESD 测试失败、佩戴不舒服、耳朵痛、漏音等。

面对这些问题，所有参与研发的工程师们，各司其职，又合作联动，摒弃"差不多"的思维，坚持追求极致，克服一个又一个困难，破解一个又一个疑难问题。

俗话说，细节决定成败。这些看上去细微而不知所以然的问题，在产品研发团队的工程师眼里都是大事，它不仅关乎产品成败，更是 Cleer 品牌的命脉。纵观当今智能耳机市场，随着产品日益丰富，客户拥有更多选择，也更为关注和选择品牌。企业要立足于不败之地，只有将产品做好做精，满足用户的消费期待，是拿产品来说话。

CES 展

Cleer 一直在创造未来声学科技品牌传奇的路上,上下求索,为全球客户提供鼓舞人心的独特音质体验。让世界充分了解 Cleer 为客户和社会提供的理念、使命和服务是非常重要的。Cleer 向客户和利益相关者承诺,通过创新的工程和设计创造卓越的智能音频产品,以改善他们的生活方式。

2020 年,CES 展,即美国国际消费类电子产品展览会,是世界上最大、影响最为广泛的消费类电子展,也是全球最大的消费技术产业盛会。世界各大音频供应商齐聚,Cleer 盛装登场,展示着各种新式装备,表述着中国品牌文化。

Cleer 为 CES 展呈现了一系列世界上第一的产品,如世界上第一个配备 Alexa 语音服务的 STAGE 智能语音音箱、世界上第一台配备柔性 AMOLED 显示屏的 MIRAGE 智能语音音箱、世界上首款电池寿命超过 100 小时的长续航头戴式耳机 ENDURO 100、ARC 音弧开放式真无线耳机、NEXT 高保真头戴耳机等产品。

迄今为止，ENDURO ANC 是世界上第一款电池续航超过 60 小时的主动降噪蓝牙耳机。该产品在发布立即获得了成功——无论是在销售方面，还是在媒体认可方面。ENDURO ANC 耳机性能优越，价格实惠。最重要的是，它解决了消费者的痛点——电池续航。有了一款电池续航时间达到 60 小时的耳机，消费者在一周或更长的使用时间里，无须为充电而烦恼。ENDURO ANC 更被 Tom's Guide、Trusted reviews 和许多全球科技周刊评为最佳降噪耳机。

展会期间，Cleer 展台每天热闹非凡，人潮如织。特别是 EN-DURO ANC 60 小时超长续航智能降噪耳机，受到观众的极高关注和评价，更是吸引了一波又一波的友商来到 Cleer 展台观摩体验新品，同时也吸引了众多国外知名科技媒体的现场采访和报道。整个参展期间，Cleer 的工作人员忙碌并快乐着，亲历 Cleer 在全球顶级消费类电子产品展览会受到如此高的赞誉，感受到 Cleer 品牌被世界认知、传达、接受而带来的自豪与喜悦。

Cleer 产品通过创新的技术、设计和数十年的行业经验，提升客户的每一刻体验。通过卓越的音质和创新的连接，Cleer 耳机可以让用户拥有个性化的环境音效，融入世界，甚至与世界隔绝。所以，用户可以玩得更尽兴，更有效率地工作，让每一刻都属于你。

Cleer 品牌在美国 CES2019 展会上也是大放异彩，旗下三款产品获得 CES 三项创新技术奖，分别是 Ally Plus 真无线降噪耳机、CONNECT 带 Google 智能显示终端、MIRAGE 带 Alexa 智能显示终端。

根据第三方市场调研机构 Meltwater 公布的数据，Cleer 品牌在 CES 参展期间有 1479 篇媒体文章报道了 Cleer 新产品，收到超过 1.7 亿阅读点击量；CES 官方网站品牌搜索排名中，Cleer 品牌在共计 4620 家参展公司中排在第 28 位。

CES 展会上，Cleer 收获了满满的品牌自信。随着产品独特性的强劲展示，世界各地的客户纷纭而至，客户了解到 Cleer 的产品怎样让他们的生活变得更好，所有人都可以毫不费力地掌控和拥有他们的每一次聆听体验。

东京奥运会

Cleer 品牌不失时机地对标全球热点事件、国际国内行业展会。在这些时间节点上,将自己的与众不同展现给市场,并通过用户对产品的真实体验,传达品牌信息,让用户既能看到又能听到企业所提供的服务。通过这些方式促进用户了解品牌。

偏重以年轻群体和中产阶级为受众目标,Cleer 品牌的产品设计和工艺呈现潮流化趋向。产品的外观感性的表达,并不显得刻意,但给人以爱不释手的瞬间惊奇,接着就是深入其中的内在共鸣。

无疑,Cleer 一次次走过这样的历程,带来产品日臻完善的迭代升级。特别是一些全球关注的巅峰时刻,在欢呼雀跃声中,Cleer 创造了内心与外在共存的声学奇迹。

2021 年东京奥运会,是疫情后好不容易迎来的一场世界体育盛事。Cleer 并不是奥运会的赞助商,但是在奥运会上,有很多激动人心的时刻,特别是中国健儿奋力拼搏的励志故事,无不让国人热血沸腾。

对于 Cleer 而言，运动健儿自律、求知、向上精神让 Cleer 产生了强烈的共鸣！作为全球知名的运动耳机品牌，Cleer 在代言人和品牌好友方面，不仅坚持自己"运动标签"的价值观，同时也和奥运冠军们的求知、向上的精神不谋而合。这几年，Cleer 专注声学科技的研发和创新，不断挑战声学极限，才能给包括我在内的广大运动人群，带来一系列体验感极佳的产品——只要你亲耳一试，想必能明白我所言不虚。

这种宣言式的品牌推广，努力与更广泛的社会化、情感化的消费群体建立了无形的联系。以点带面的情绪烘托，在网络和实体店同时发酵，一时间在国内受众群体引发了对品牌关注热情。并在电声音频行业产生独树一帜的影响力。

2020 年东京残奥会，Cleer 牵手中国残奥田径健儿，为残奥田径健儿加油。其中中国残奥田径队获得 27 金 13 银 11 铜，共 51 枚奖牌，傲居榜首。

就像奥林匹克精神倡导的那样，Cleer 品牌追求全球化的发展目标，相信音乐让世界变得更加美好。

不仅仅是一款耳机

时尚、奢侈、卓越是 Cleer 的品牌标志。充满现代感的设计风格，创新和功能一直专注于吸引视听市场中追求完美品质和独特美学意愿的用户。在这个过程中，Cleer 品牌的任何一款产品，都不只是耳机和音响本身所诠释的实用信息，而是令人充满遐想，去构建生活的一种新开端。

Cleer 有了一大批追随者，亦如品牌创立时所期待的那样，一群走在时代前列、预知并开创美好前景的人，与音乐同行。

2021 年 12 月 31 日，深圳的壹方中心城。

Cleer ARC 新品发布会。

这次发布会和其他科技产品的发布会不一样，没有选在高档酒店或者是豪华会所，而是设在了一个商场里。用 Cleer 创始人吴海全先生的话说："Cleer 是一个帮助用户提升生活品质的品牌，我们的发布会，要面向大众，而不是关起门来只对业界。"

目前市场上的耳机对于消费者使用大多存在以下几个痛点，

例如入耳式耳机佩戴舒适度和耳压不平衡问题，比如与外界隔绝的问题，外部宠物的叫声都听不到，比如单次播放时间过短问题，还有骨传导较难解决的音质问题。

Cleer 开启了开放式听音新时代，推出全国首款 Cleer ARC 音弧开放式真无线耳机，采用全开放式设计，不堵塞耳洞，听歌的同时还能听见外界的声音，给用户双重聆听质感；采用高通第八代 cVc 通话降噪技术，对于会议较多的商务人士来说，清晰的通话效果是关键，同时还不错过周围人的交流；开车族佩戴，不堵塞耳洞，出行更安全，通话更私密。解决了骨传导耳机靠骨骼震动发声的酥麻感问题，直击传统入耳式耳机耳朵疼耳朵痒、耳朵不舒服、中耳炎等痛点，真正做到全开放式设计，双耳透气，从根源上减轻耳朵负担。

凭借创新性技术，这款划时代的听音产品得到业界认可，产品荣获 2022 年德国红点奖、IF 设计大奖以及当代好设计奖，吸引了非常多的 3C 数码需求者。

ARC 音弧是一种陪伴。对于爱好音乐的人来说，通往心灵和未来的路途上，音乐是生命的慰藉，是奋斗的触发器，是灵感的源泉。而 ARC 音弧打开的心世界，一旦触及，令人难忘。从此新的生活格局中，天宽地广，魅力无限。Cleer ARC 音弧从发行到现在，作为"最强单品"连续在 618、818、921、双 11 电商大节中获得天猫、京东、抖音耳机热销榜单第一名，单次成交破 1000 万，与 480 多万次用户亲密互动。

科技对生活的渗透与改变，从 ARC 带来的围观程度上，可见 Cleer 是一个成功的品牌。

产品发布会现场，除了邀请行业媒体外，还邀请了许多如小红书、微博等生活类自媒体。网络时代的品牌推广，通过视频让产品更多地接触消费者，帮助用户了解他们需要了解的关于 Cleer 品牌更多信息。

也因为如此，在规划品牌宣传时，将"用户故事"作为品牌宣传的一个纬度。

希望看到用户，使用 ARC 音弧之后，生活与工作，得到了怎样的提升。

Cleer 品牌不断给爱好音乐的人注入活力，尤其吸引年轻一代用户，培育终身忠诚的消费群体，当音乐成为生活一部分的时候，ARC 音弧就不仅仅是一款智能耳机，而是心灵的陪伴，在不断更新蜕变的生活里，扮演了魔力十足的角色。

精 致

声如其人，亦同文如其人。文如其人很好理解，通常是对好的文采赞誉的同时，也是对写文章人的肯定；而声如其人，就没那么容易界定其意了。可以被理解为人的说话声、唱歌声等，或是艺人弹奏乐器的评价。这些都不是现在要表达的"声"，而是人通过电声音频设备播放，让音乐达到个性化境界的人"声"合一。简单地说，就是高品质的电声视频设备，遇到了能使其发挥作用的人。

也许有人会不屑于这种说法，但事实的确如此。音频的高品质与能够从这种品质里缘起生命认知的人，绝非一个庸者。面对认为音乐有次第之分的人群，只觉得好听而说不出所以然，叫凡人，能与音乐对话，叫专业的人，能在音乐里自由呼吸，并牵手灵魂浪迹天涯的叫智者。要想达到这样的层格，光靠人的自然属性肯定不行，必然要拥有一套高品质的音频设备。因为人的主观达成，需要借助与之匹配的外在因素，共享科技创造形成的时代趋势。

没有听说过 Cleer 品牌之前，我那些喜欢音乐的朋友都是有钱的主，有音乐发烧友，也有对经典音乐如痴如醉的，他们聚到一起，谈论最多的是音响。我只是一个听客，听他们津津有味地评价各自喜欢的品牌，各执一词争论不休。我从他们嘴里知道了 B & O、SONY、森海塞尔等等品牌的音响，全是国际大牌。想不到最近两次去其中一个朋友那里听"声"，茗醇美乐过后，他们没有聊以往那些牌子的音响，而是喋喋不休品评着 Cleer。

也就是在那一刻起，我开始思考人"声"合一的命题。虽说我不是音响玩家，但喜欢音乐，大凡我爱听那些曲子，一般质量的音响也只能叫听听，很难收获耳到心到的效果。所以，看我那些音响玩家高手的朋友聊 Cleer，虽然听不明白太专业的视频术语，但对性能的赞许是一致的。

音乐给人以现实生活所无法抵达的精神高度，而取决这种高度的外在因素，就是一部可以准确表达音乐的音频设备。同样是听肖邦的曲子，出自好的音频设备，可以感悟到音乐的弦外之音，获得更深层次的审美愿望，哪怕是休止的音节，也会聆听到宁静中的千回百转。

记得第一次戴上 Cleer 的一款耳机，在湖边一个惬意的黄昏里，避过日常，静静地倾听肖邦的《E 大调夜曲》，突然觉得很多细节好像之前都隐匿起来了，而且绝不是听觉的问题，也不是心境，因为这支曲子每年都会听上几遍，可以说曲子已谙熟于心。不曾想此刻从音节和旋律的缝隙里，风抚过缱绻的爱意，随机弥漫星空，天上幽澜，寂静中只有按捺不住的双重心音，舒展爱与生命的辽阔。

我恍然于那些经常聚在一起听音乐的朋友，为什么会津津乐道地谈论音响，起初以为他们只是在炫耀各自的设备，现在看来不尽然，这其中有他们对自己长期所使用设备的品牌忠诚度，以及各自品牌音频波长得到的心灵感悟，在某种程度上形成了不可替代的审美依赖。Cleer 的出现，让他们发出了近乎相同的认可，我诧异于这么多年来，没有品牌纷争的场面究竟源于何处？

在我的直觉里，只有一种传奇的出现，人们固有的认知才有可能被颠覆。当 Cleer 耳机伴我在湖边黄昏里，徜徉肖邦的 E 大调浪漫，感叹于独特音质所激发的心灵之约，原来还可以有这样的精神震颤，还可以让魂魄精致到我即非我的深刻。那么——

Cleer 品牌就是一个传奇！

因为 Cleer 音频的功能和性能所阐释的音乐，已经不是停留在接受或欣赏的层面，我没有听说过哪个电声音频产品，在品牌推广时用"听我，听世界"的豪迈。能有这样的品牌自信，其他自不必赘言。

我们一直在用心去构建精致的生活，都在做随心而动的事情，通过主观想象之先导实现客观的舒适感知。尤其在精神层面，Cleer 音频产品打破以往的惯常，而是用智能创造改善生活方式，将音乐升华成一种教化，使人们致笃于未来的美好，迈开与世界互动的步伐，实现心灵的崇高和精神的纯粹。

关于快乐

最简单地说，快乐就是你得到了自己想要的东西。其实也不尽然，因为欲望是没有止境的，只能说某种快乐在感知里存续多长时间，以及被另外一种快乐所取代的理由，足以验证快乐的价值。而有些带来快乐的东西，则经久不衰，且有与人类如影随形，与灵魂浑然一体的时空跨越——比如音乐、文学等。

音乐是真正能够带来精神启迪的快乐源泉，即便是那些悲壮、悲恸的曲子，也能让人鼓足勇气，扼住命运的咽喉，向着自由和幸福前行。热爱音乐的人，总是走在时代潮流前面，让冥冥之中的未来不经意中进入生活，形成一种众生所需的发展趋势和社会进步的文化意愿。

视听产品的出现以及其层出不穷的迭代，吸引了越来越多音乐爱好者的关注，是因为它承载了那些追随音乐感受人的梦想，也因为拥有与众不同的品牌而成为与众不同的人。科技高度发达的今天，谁能创造出伟大的品牌和杰出的产品，谁就拥有名利、市场和人心。

科技创新让快乐的朴素情感获得跃升和量化，满足着更高层次的审美意愿，留给用户的深刻印象促使品牌不断占据市场，赢得了快乐的普世价值认同。人们在享受产品独特功能的同时，也分享了拥有品牌的荣光。尤其是当下的新生代年轻人，以及知性的中产阶级，一旦产生了对品牌的情感依赖，快乐自然已不在言语中。超越本能的快乐所产生的非凡气质，彰显出一种雅致脱俗的风尚，从而实现生活的美好。

我们在当下的音频产品消费上，与手机关联的视听产品很显然占据了市场的主导地位，也就是说，手机是无可替代的快乐之源，这已是不争的事实。网络时代的日新月异，是不以人的意志为转移的，除了适应已别无选择。Cleer 智能音频产品应运而生，以其新技术、突破性工艺和完美的产品设计，迅速跻身智能耳机音响国际知名品牌之列。

与手机并列成为人们赢得快乐的源头，Cleer 产品的高品质、奢华和设计美学的一整套产品研发体系，已形成先声夺人之势，在全球音频市场扩散出品牌磁性。

凡是给人带来快乐的东西，都有取悦人性的特征。音乐本身的属性也是如此，只是原有传播方式受年代、距离、场所、受众的社会阶层等客观条件制约，变成了附带区域或者特权的艺术形式。随着人类文化交流不断发展，音乐已成为开始跨越时空的人类共有精神财富，助力于这种快乐蔓延的是一次次技术革命，从胶木留声机时代、收录机盒带时代、DVD 时代，再到现在的网络信息时代，历经百年漫长过程，才有了音乐带来的无死角快乐。人们可以静坐一隅，一键尽至，快乐随手拈来。但另一个问题出现了，如何在音乐体验中尽善尽美，视频产品产生的音乐表达，也就是人们说的音质，聆听者与音乐创作和原创演奏之间，是否达到心灵默契的美学认同？在这个问题上，Cleer 产品无疑是优秀的。

基于人们对快乐需求的量化程度，Cleer 系列智能耳机音响等音频产品，强调致力个人生活方式的提升，用产品的独特品质，打造唯你独有的快乐体验。灌注品牌基因，给体验者即触便知是 Cleer 式的快乐，在行业中形成最具创新性和国际知名度的品牌。给用户带来想要的快乐同时，Cleer 品牌亦被快乐同化，转而附着上快乐的象征。这不禁想起荷兰哲学家斯宾若莎对快乐的论述：真正的快乐都散发着荣耀的光芒。

毋庸置疑，Cleer 品牌的荣耀缘起让用户获得快乐，而受到青睐和信任是一种必然。即使面对苹果、索尼、B & O 等大品牌的激烈竞争，Cleer 的独特性和原创性的品质，依然为用户带来全新的快乐体验。作为一家科技公司，冠旭电子旗下的 Cleer 品牌，只用了十几年时间，便已跻身于那些历史悠久或世界顶级的国际大牌音频产品之间，毫不逊色地展示出自身独有的风采。

关于快乐，视频产品是通过诚实的信息和令人难以置信的见解来提高可信度，而不是像哲学和心理学所关注的因果，但就其对生命和灵魂的精神关照上，快乐所带来的现实意义是一样的。

传递快乐是 Cleer 品牌基因的重要组成部分。在国际音视频市场的大舞台上，Cleer 让世界听到"中国声"，自乐而乐他人，是以声音穿越灵魂的快乐之旅。

Z 先生

盛夏的一个上午，我如约到了冠旭电子精品体验店。本来上周安排的采访，因故改在了今天。

Cleer 体验店沿街的落地玻璃橱窗前，工作人员已经把采访提纲、纸笔之类的物料摆放在桌上，每个座位的桌面上相应放着一支小瓶装矿泉水。橱窗凹进墙体有五六十厘米，像个巨大的飘窗，低矮的窗台摆了一排盆栽花卉，给人以规矩、雅致的视觉感受。

我乘坐跨区巴士，用一个多小时行程，提前大约有一刻钟来到这里。进了展销厅，我正左顾右看，不远处坐着一位女生，正在笔记本电脑上看什么，发现我进来，点头示意的同时，伸手指了指早已安排好的采访位置。我坐下不多一会儿，负责和我对接的宋小姐陪同 Z 先生和一位年轻翻译一起到了。

Z 先生是 Cleer 创新创意部门的外籍职员，我原以为他是欧洲或美国人。当他出现在我眼前时，他一副西亚人的样貌。一问方知，他是阿富汗人。他看上去年龄不大，笑起来显得特别阳光。他能够讲简单的汉语，但不能用汉语顺畅地沟通，所以还是有人翻译。

两个小时的采访，围绕的品牌 Cleer 创意、产品研发以及与之关联的纵深话题，以问答方式进行了广泛而坦诚交流。

Z 先生很健谈，与我采访过的其他人相比，他更率真，与我的采访诉求更接近。我并不想把 Cleer 品牌局限在一个音频产品的定位上。Z 先生在这个问题的表达，从语义学角度评价，比纯汉语陈述要准确的多，因为他不是中国人，不会在一些表达上受泛民族主义影响。就事论事，达观而现实，不用刻意回避什么。在我对品牌的认知里，能称之为"品牌"的产品，一定是世界的。

就 Cleer 的品牌名称而言，英文的释义是"清晰的""明亮的"同义表达，很容易让人与声音发生客观联想；可丽尔这个中文名称，其指向性可以延伸解读成任何产品品牌，起码在它还没有成为诸如苹果、华为那种无须消费提示便有了消费诱惑和社会知名度。

我的提问既不是从生产者的角度，也不以消费者咨询的口吻。品质、功能、产品外观和使用效果等，都不是今天采访的主要议题。当然，这些并不是不重要，但也只是 N 个使用结果的分类说明。品牌创意和产品研发过程，才是注入产品灵魂的开始。任何事物能够理所当然地成为众生所需，没有一定的先知先觉，它存在的意义是无从谈起的。

Cleer 之所以能成为品牌，一个智能耳机和电声产品的国际知名品牌，不是虚有其名的。科技时代所营造的生活诉求，理应要有相对的生活必需予以支撑。打破传统意义上的实用价值束缚，赢得放飞心理和美好生存意愿，追求更加自我、自由、舒适的生命体验，让心灵得到某种妥当的安放，凸显生命的仪式感、归属感，从而达到回望自我的境界。

很显然，Cleer 在人类追求智能化回归人性价值的体现上，无疑让我们感受到了这一点，抑或还有诸多需要提升和完善的空间，起码它已经成为电声音频产品领域颇具先导的象征，不仅在中国，在国际智能音频产品中，也备受青睐。

Z 先生在解读品牌创意和产品研发时，有几个高频词，比如全新、独特、自由、舒适、出乎意料、灵魂等。对于这些用词，我在采访之后，反复听过采访录音，每一次听完，给我的感觉都不是单纯为加深理解的记忆递进，而是要去体验的跃跃欲试。

照常理说，作为手机配套使用的智能耳机，在当下是再普遍不过的电子产品。不说在世界范围内，仅仅在我们中国，与手机配套的耳机不知更新迭代了多少回。但是，真想得到一对称心如意的耳机，还真不是随手可得的。在没有接触冠旭电子之前，所见过的全都是耳塞式，或有线连接，或蓝牙连接，前提是要把它塞进耳朵里。Cleer 品牌系列中有一款 ARC 音弧的开放式真无线耳机，完全打破了惯常，解决了使用耳机的"塞"之痛。其外观和性能都使声学技术得到了赏心悦目的量化。

在我见到并体验过 ARC 耳机后，在对传统耳机认知被颠覆的同时，也确信 Cleer 是一个专注探索声学技术，在视觉设计与性能兼备方面最具领先的智能耳机品牌。它不仅被赋予浪漫的名字，更衍生出每个使用者的浪漫情怀。

采访录音传出 Z 先生的英语原声：exceeding ones expectations。我明白是出乎意料，他是向我表达 Cleer 品牌想达到的创意预期，并将这种预期变为现实。出色与卓越的前提，首先是具有独特的自我表现。冠旭电子在品牌创建之初就已经确立了这个目标，Cleer 自有品牌下的系列产品，无一不打上这种烙印。Z 把它引申为血统，这种说法看似概念模糊，实则十分贴切。虽不同于生物学的物种辨别，让人一看便知属性。工业产品也是有类属的区别，同类之间同样不缺少差异，就像世界上没有两个绝对一样的物质。电声表达里，每一个能够形成普遍接受的产品品牌，都是有着相对群体对其特征自觉接受的偏爱和不可替代属性。不论是 Bang & Olufsen、高通、索尼，还是别的什么电声品牌，在同类比较中，都有别于其他品牌的地方。冠旭电子也不例外，Cleer 品牌具有冠旭电子血统。

想到这些，对 Z 先生聊到这个话题所流露的自豪感，瞬间释然，并产生共鸣。一时间竟有想再次与他深入交流的冲动。

的确，一切独特的存在，是产生吸引力的所在，也是技术、文化、经济等层面的融合，引领社会发展，满足人类对未来的憧憬。

Z先生认为，品牌是具备灵魂的，产品外溢的气质，不单单是停留在形状独特和使用舒适，而是能够通过直觉，与冥冥之中长期蛰伏的意念不期而遇，甚至有前世来生的交集，所以才自带高贵，拥有无冕的奢侈。

Cleer品牌已在全球多家顶级奢侈品商场有了自己的一席之地，比肩于世界知名品牌，如爱马仕、香奈儿、Bang & Olufsen等等。与它们的不同是，这些顶级奢侈品品牌带有厚重的历史积淀和全球普遍的消费层次认同。而Cleer是一个年轻的品牌，并且是Made in China！是深圳市冠旭电子股份有限公司"智造"！Z先生谈到这些时，脸上洋溢着自豪与幸福，这绝不是仅仅因为他参与了Cleer产品的创意和研发。我能感觉到，在他心里有一种信念，世界的未来在中国。不然他不会放弃在发达国家的工作，只身万里来到深圳市冠旭电子股份有限公司。

维 度

从市场反馈看品牌的美誉度，便知这个企业决策人的维度。产品的适应性所带来的情感消费群体，取决于品牌的独特属性，一个与众不同的品牌，其产品的触角不论在哪种消费层次上产生落点，都会赢得大批粉丝。

因为无与伦比，所以难以置信。

自从踏入深圳市冠旭电子股份有限公司，置身花园式工厂那一刻起，就在想这是一个有着怎样格局的人，打造出这样一块喧嚣都市中的诗情画意之地。待到观摩过 Cleer 系列智能耳机音响产品展示之后，更是叹为观止，一时竟然失于表达之能。思忖良久，仍没有找到与之对应的语句，脑子在懵懵愣愣后冒出"维度"一词，但围绕这个闪念搜罗，还是没有那么快形成完整表达的脉络。只好跟着同行的人一起，走完了来访流程。不过，与冠旭电子和 Cleer 品牌，就此有了情结。

"维度"是一个抽象概念，而冠旭电子和 Cleer 那些产品却是具象的，不知道当时思维的哪根筋把这两者搭在了一起。既然动了念，说明这个抽象概念一定是因具象触动而来。"维度"通常被释为"内容、时间、空间"或"载体、能力、信息"等广义上的概念。不管怎样，要去理清"维度"与冠旭电子和 Cleer 品牌的因果，不然心里总觉得有个事情放不下。

那么，什么是 Cleer 品牌的"维度"？就产品而言，"音质与内涵"最能体现其维度。音质是品牌基因的延续，内涵是创新技术、完美工艺和独特与原创的客观展现。没有人会拒绝这样一种产品进入生活，因为 Cleer 品牌极富现代感，而且有这三个维度，其产品必然以前卫风貌在市场上脱颖而出，也就省去了营销过程中的价格妥协。并不是所有产品都具备这样的从容，因为决定品牌身价的维度达不到消费认同时，开始就预示了结局。

Cleer 系列智能耳机音响产品则不然，它以极简设计风格见长，拒绝过度设计，将美与功能放在同等重要的位置，表达出独特、整洁和经典的定位。再就是人性化的操作方法，与关联设备的连接路径，都让用户获得非常舒服和易于相处的直观感觉。

在"维度"的框架中，偶尔用创新手法让产品某一点"出圈"，利用不打破点什么不足以缘起独特主题的思维，促成引领时尚的效果。不把设想搁置在幻象之中，叠加维度效应，内容对载体，时间对能力，空间对信息，形成固有的品牌认知和产品多样化的消费选择。

很多人认为完成产品销售是品牌的末端，其实恰恰相反，品牌始于用户对产品体验的跟踪，获取有价值的反馈，提供优良的售后服务，以此培育用户的品牌忠诚度，加速品牌传播的真实性和公信力。这是"维度"在品牌实践上的具象表达，Cleer 在制定品牌战略时，已充分考虑到这一点。在后来相关的采访中，也验证了其品牌摆脱竞争对手，为自己在国际音频市场争得一席之地的事实。

"维度"的正确表达，是品牌把自身当用户对产品的考量，在产品研发设计、生产工艺、功能性能，以及投放市场之前，对产品的外观、感觉、声音和工作方式等方面，以消费视角和使用体验获得产品"自检"的信息收集，直到确认产品完全具备品牌形象所设定的指标。对于 Cleer 来说，完成一款产品创意，进入研发设计阶段，已经开始接受"胎教"，所以，每一款产品问世，都有惊艳四座的气息扑面而来。

冠旭电子强大的研发团队，是激发 Cleer 品牌攀登声学科技顶峰的巨大动能。这意味着他们不仅专注于工业设计，还专注于整个用户体验的各个方面，创造了一些追随者可以真正爱上、欣赏并乐于使用的音视频产品，很大程度上源于品牌"维度"。依照"维度"潜心细节，是 Cleer 品牌热衷创新，施展精美工艺，"智造"高端音频品质的法宝。产品的个性化设计、创新和功能作为品牌的宗旨，始终贯穿产品的价值观，这就是 Cleer 品牌带给市场标志性的存在。

当一个迅猛成长的品牌驰骋市场，并根据消费需求不断调整产品，"维度"第二个层面，能力与时间的重叠顺势显现。同类品牌有着雄厚的积累，因为他们盘踞市场多则近百年，少则几十年，而 Cleer 产品进入市场时，没有品牌认知优势，那只能凭借产品的高品质吸引用户，让市场出现打破对原有品牌的消费依赖。为此，Cleer 后来居上，将自己定位在视频市场最前端，以表达自身品牌与消费认知形成的传统品牌具有同等权威性。

信息高度发达的今天，隔空亦不是障碍。在这个透明的世界里，"维度"的第三层面开始由广义学说转为指向性实践，那就是信息共享。不管你以往如何如何，都要将过去清零，重新规划产品，根据消费需求站在同一起跑线上。Cleer 诞生得恰逢其时，遇上了好的时代，品牌"维度"的架构在产品体现上形成天合之作的完美。

失落与超越

打造一个品牌所走过的路，往往比决策之初所预判的前景复杂很多。虽然假设过可能会遇到的情景，当真实状况摆在眼前时才发现，远非是可预见的那么简单。这其中受各种因素的影响，最为直接的就是产业供应链，比如芯片。克服产品研发设计中，出现任何问题不会导致失落，只会增强信心，大不了推倒重来，即便困难再大，办法总比困难多。而产业供应链中的关键零部件，掌握在不可控的范围内，明明可以实现的事情，却因被芯片"卡脖子"而搁置。

Cleer 品牌从创立到发展壮大，也经历了许多不平凡过程。

早在 2014 年，一个著名公司推出 TWS 无线耳机之前，冠旭电子已经研发出了 TWS 性能耳机，然后苦苦地到处找芯片，一心想推出一款具有全新概念的智能耳机。就在冠旭四处找芯片时，那个著名公司抓住了这个商机，率先发布了 TWS 无线耳机。对于 Cleer 品牌来说，这是一次很大的遗憾。但是，遗憾归遗憾，冠旭电子却没有停下创新的脚步，锚定更高目标，环顾全球音视频行业发展趋势，从创新智能耳机功能性能入手，继续研发有突破性的产品。

知耻而后勇奋发图强，冠旭电子充分认识自我，敢于承认差距的同时，不是盲目向谁看齐，而是另辟蹊径，扬我所长，独特创新，仅用几年时间，便以厚积薄发之势，研发出 Cleer 品牌的几十款系列智能耳机音响产品，并经受住了市场考验。特别是 ARC 音弧开放式真无线耳机，延续 Cleer 品牌一贯的简洁、雅致设计语言，呈现艺术与智性的设计造型，搭配细腻的外壳质感，带来高品质的工艺呈现。

在不断创新中，Cleer 品牌抓住了机会，在一群"声音爱好者"中树立了声誉和身份。现在，Cleer 品牌提供了更广泛的产品范围，所有产品继续专注于将美丽的设计与最先进的技术相结合的极简原则。用冠旭电子董事长吴海全先生的话说，"我们承认差距，但我们有信心可以赶上来，而我们会比别人做得更好。虽说还会有遗憾，能与国际大品牌齐头并进，提升品牌的行业竞争力，以完美工艺和优秀品质验证品牌价值，实现自我超越的同时，牢牢站稳在行业中的一席之地。"

失落是伴随任何事物由弱小变强大的原动力。可能之可能的哲学意愿，在一切领域都不例外。冠旭电子以创新和功能打造品牌时，所做的每一件事都显示了 Cleer 的独特性。

Cleer 音频产品，通过实施妥善的营销策略，获得了品牌的消费认可度。但在互联网时代，不管多大品牌，潮涨潮落是常有的事情，爆发与消失是瞬息之间。传统意义上的品牌观念，只留下年代感的痕迹，为流量买单的产品推广形式，如滔天巨浪给商品营销带来危机感，这种现象不管你愿不愿意被卷入，而是你愿不愿意都要被卷入。因此，Cleer 的品牌营销战略，自然会顺势而行，不敢有丝毫怠慢。

失落与超越都是走向成功的因果供体，正确面对并评估行业生态，对于产品研发和品牌运营，都有一定的提示预警作用。不管你是在失落期间，还是巅峰时刻，把握好产品与市场的平衡秘诀，创造个性化，合乎时宜地以鲜明品味构建营销体系。Cleer 从品牌创立到产销两旺，有着一幅攀爬式的线路图，整体走势是向上的，段落性的起伏凹凸落差不大，阶梯状明显，这说明冠旭电子成功掌握了品牌营销规律，无论是线上线下所表达的品牌价值，都崭露出经典风范。

"路边摊" 与爱马仕

　　消费阶层的不同，所赋予的品牌价值或有天壤之别；抑或同样一件东西，出现在两个不同的营销场所，一个贴上国际知名品牌，一个是没人知晓的商标，就实用价值而言，两者在功能上是没有区别的。假设没有品牌设定，知名品牌和无名品牌的商品之间就不会产生认知区别。

　　爱马仕的商品被誉为手的律法，她以最原始的作坊里的手工工艺，大胆的品位和完美的追求，表达出无法代替的天性。她遍及世界各地的门店和专柜，不用提醒就知道经营的都是奢侈品。即便你在路边摊看见爱马仕的商品，也会认定是假的，因为人们对品牌的认知，不那么容易破防。

　　所有人都知道那些被世界公认的大品牌商品，皆在赚有钱人的钱，日常中大到汽车，小到指甲钳，但凡冠以奢侈品品牌的商品，就不会在普通商场或超市售卖，也不知道从什么时候有了这种约定成俗的现象，而且还成为消费的一种自觉"遵从"。但是，有一点必须要承认，这些被誉为奢侈品的商品，其品质真是非同一般。从这一点意义上看，品牌对产品品质的促进是积极的。

一个品牌被推崇为奢侈品，成因很多，但就产品品质而言，必须体现出无与伦比的风格和真实性。路边摊的商品显然不需要这种特质，但它们却拥有更广泛的消费群体。

这种思考是在采访 Cleer 创始人吴海全先生时，针对 Cleer 品牌的市场走向而触发的。他在品牌战略的制定上极富创意和品牌执行经验。在国内智能音频音响行业，是一个敢闯敢干的人，有高度有格局，还很有情怀。

对市场有明确和清晰的研判，对品牌有不同凡响的定位。这是吴海全先生给我留下的印象。通过了解他对品牌的市场布局，我心里为之一震：Cleer 入驻全美最大的非连锁影像及视频设备超级市场——B&H Super Store、全球知名的家用电器和电子产品的零售和分销及服务集团 Best Buy（百思买）专业门店，英国奢侈品百货公司哈洛德 Harrods、塞尔福里奇 Selfridges 等多家全球知名百货公司拥有专柜销售。2021 年初，Cleer 宣布与美国最大的机场电子零售商 InMotion Entertainment Group 建立新的合作关系，Cleer 将在 InMotion 国际机场店上架其为广大音乐爱好者和商旅人士精心挑选的耳机、音响产品。

这样的市场布局，明白人一看便知，Cleer 产品是以国际化的品牌定位，宣誓产品的高端形象和独特品质，置身高阁，俨然一副奢侈品气势；而在国内几百家实体店以及全网热点频道，却实行亲民与时尚化为品牌价值的推广模式，品牌体验给用户带来实惠、破格的消费满足感。

而在全球音频视听产品国际大品牌云集、产品饱和且市场竞争激烈，又是疫情蔓延，非生活必需品滞销，世界经济普遍面临巨大下行压力的大背景下，Cleer 的这番市场操作，可谓是大智大勇。

自带节奏的品牌战略，产品展示和品牌推广模式，整合了传统商品与流量时代互为关照的全新形态，没有过往经验可以参照，是一种探索。就像哲学在二律相悖千百年，哲学家们都在寻求第三条甬道，只是哲学的这种探索最终以不了了之收场。而 Cleer 的品牌战略，在如此变幻莫测的市场风云中，形成了最具可操作性的流程和执行途径，且获得成功，成为没有社会阶层和财富象征属性的"新奢侈品"典范。

爱马仕的辉煌使之成为奢侈品的代名词，是由它的产品属性所决定的。和其他世界知名奢侈品一样，各自都有其不可替代性。Cleer 的品牌战略对产品从设计、工艺、品质等都注入了独特的品牌基因，成为全球领先的智能声学品牌。

"路边摊"也是一个消费场所的代名词，它承载着众生所需的生存意愿，在法制和俗约框架下，不需要支付多余的心理成本和高昂代价，顺理成章地按生活需要完成消费。与奢侈品市场的消费相比，有明显的区别，前者是刚需，后者是某种象征。但是，市场、产品和品牌在不同社会形态下，都有当时的供需关系留下的烙印，每一次市场形态更新，或以不同于实时营销模式的出现，并不意味着原有商业形式骤然消失。新兴市场分解了原来的消费群体，都是一次产品属性与购买人群的归类和细化，以及品牌的市场分流。没有哪一个品牌是不可撼动的，重要的是品牌对消费群体变化的判断。

Cleer 兼顾了奢侈品和"路边摊"的消费需求，不论在哪里出现，Cleer 品牌的奢华、极简、独特、品质则是一贯的，鲜明的。在这一点上，国内外视频视听行业，没有一个品牌可以把市场灵活性运用得如此通透。

Bang & Olufsen 启示录

B & O 作为世界顶级视听品牌，一度成为世界各地音乐爱好者和发烧友的首选，甚至让丹麦国家和丹麦人引以为豪，并被写入丹麦的历史年鉴。有着近百年的 B & O 品牌，以无与伦比的技术，为全球视听产品的发展提供了参照。它的品牌价值观将旗下产品归纳出"真实性，可靠性，简单，创造"区区十个字的诠释，直观上与其产品的高品质、奢华和设计美学的品牌意愿高度吻合。

没有人去质疑 B & O 的产品，用户会以顶礼心态去靠近和拥有它。虽然世界科技在近十几年迅猛发展，视听产品品牌越来越多，而 B & O 仍然的当今全球视听产品不可撼动的品牌之一。

视听产品是近代才出现在人类生活里，它改善了人们的生活方式，而对于酷爱音乐的人来说，它俨然成了一种生活。因而面对不可限量的市场需求，陆续诞生了诸如 BOSE、SONY、苹果、B&O、森海塞尔等等智能视听产品。中国对智能视听产品从少数人使用到暴增至全民拥有，仅仅用了不到 30 年的时间，而且早期大部分产品是为国外品牌代工，到后来仿制的视听产品充斥音频市场。真正拥有自主知识产权的智能视频产品，是近十几年的事情，也只有华为、联想、小米等为数不多的品牌。

Cleer 视听产品，尤其在真无线智能耳机上的很多技术突破，开启了中国品牌在这个行业与国际知名品牌一比高下的新纪元。Cleer 品牌在全球视听行业，用极短时间打造了声学科技的一个传奇，成为改变国际智能耳机市场格局的参与者，其智能耳机系列产品不断给用户带来惊喜。

这是一次打破音频行业没有"中国声"的革命。

可能有人会问，视听市场上那么多知名品牌，而且是经受了消费沉淀并深受用户信赖，有着优先选择的消费心理驱使，即便需要有新的选择，为什么非要是 Cleer 品牌旗下的产品呢？

是的，我们需要一个有说服力的答案。其实很简单，想了解一个事物，首先要走近它。你接触了吗？你深入了吗？看过 Cleer 的品牌设计基因，再转而体验 Cleer 产品，一切都释然了。

Cleer 的品牌设计基因充满诗意："热衷于创新的想法/致力于个人生活方式的提升/独特性以及原创性的品质/细节以及工艺的精美/功能和性能的先进"。这是一个优秀品牌所具备的素质，规矩而雅致，充分展示出品牌创始人的内涵与情怀。

不鸣则已，一鸣惊人。信息时代的市场需求，留给商品的时空转换规则，已不同于传统意义上的周期效应。也就是说，出来走两步之前，功课要做足。从 Cleer 品牌设计基因所透露的信息中，用户会有一种提前介入感，期待与其产品进入体验互动。为此，专门向周围使用过 Cleer 产品的人求证，因为他们是行家，看的是门道。其中一位朋友说，Cleer 的产品体现上，隐约里能感觉到 B & O 的影子，却又不尽然，他说了一些很专业的音频术语，对 Cleer 评价很高。

诚然，每一种创新产品都有自身的独到之处，B & O 创造了一些行业中最具革命性和国际知名度的产品，用了近百年的探索和不断创新。Cleer 则用了 B & O 十分之一的时间，便与之在全球最具权威性的美国国际消费类电子产品展览会（CES）上比肩傲世。此举的品牌意义已无须赘言，消费对视听产品的选择一直很看重品牌，品牌认知以外的产品，一般都是在品牌认知范围内，不能满足其所需的情况下才被关注。但登上 CES 的大雅之堂，品牌价值和认知度会迅速得以提升。

Cleer 致力于声学科技的创新实践，为用户提供与众不同的视听产品，以独特视听效果体现品牌价值的品牌战略，很大程度上受到 B & O 的启发和影响。B & O 的发展历程中，一度面对苹果、Beats 和索尼等日益激烈的竞争，但品牌也拒绝在奢侈品价值上妥协。在 Cleer 的品牌战略中，将产品做成奢侈品的意愿强烈而鲜明，从设计到功能都释放出奢侈品的倾向，遵循其品牌价值设定的特有符号。

B & O 与 Cleer 的品牌故事，在某种意义上的共同之处，都在为一群"爱好声音的人"圆梦。他们不约而同地采取了极简主义的方法——提供适合国内与全球的独特和创新的形状，彰显了品牌的创造力和创造性精神。前者是凭借多年的品牌影响力，以势而得发，就像在视频市场设置了无障碍通道；而后者只能靠创新来吸引用户，仿佛拼尽全力去做各项极限运动吸睛，用"我行故我在"的品牌自信，消除消费者对传统品牌的过度依附，迎来用户向 Cleer 华丽转身。

流量时代

打开 Cleer 的 APP，看到其产品在网上热销，即刻想到流量，作为一种全新的商业模式，几乎颠覆了以往的消费认知，好奇心驱使，对流量经济有了恻隐之心，也想凑一下热闹，与时俱进。

网络营销出现的意料之外，不一定都源自传统认知的情理之中。流量催生的商业模式，用匪夷所思来形容一点不为过。无论你有意或无意卷入其中，哪怕你只是一个过路的看客，只要停下来，主家即刻有了收获。网络交流在社会生活中的占比，远远超出一般人的想象，数据是当下最具杀伤力的展示，成功的网络营销业绩，足以令人惊到目瞪口呆。

直播带货也好，短视频引流也罢，使尽浑身解数，只为点击量转换成有效购买。流量经济的出现，以迅雷不及掩耳之势火遍全网，近八亿的手机用户几乎触及中国每个家庭，大到无限的商机，在为你所需的表象下，是追逐利益的遍在。当网络流量提振产品营销，从市场低迷中逆袭就不再是高不可攀的事情。流量经济在权衡利弊取舍的过程中，产品和品牌的自我带入感倍增，创造了许多营销神话。

　　把握商机是产品营销策略的首选考量，流量经济的兴起打破了惯常，促使营销在瞬间自省后，顺势而择，找准时机，打破区域格局，与门户网站、各热点网络平台互动。商品、资金、人力、技术、信息、经营者汇聚一身，形成合力，以势如破竹的表现形态，达到超出想象的营销效果。

　　Cleer ARC 音弧开放式真无线耳机上市以来，作为千元客单价的潮美产品，一直深受用户好评！另辟开放式赛道的 Cleer 得到不少明星达人亲力推荐，在电商平台一度引发抢购狂潮。

　　作为与网络有着紧密关联的产业，市场竞争激烈，同类产品各显其能驰骋音频市场。网络平台上的视听产品也是异彩纷呈，近两年的流量经济，使得原来扁平化的网络销售不能再"躺平"，跃身起来，跳进流量大潮一显身手。而现在的消费者较之前，似乎理性了许多，在逐渐退去的从众心理中走出来，不再那么刻意于攀比，而是以满足个性化需求为消费目的。面对这样的消费需求，品牌就失去了营销任性的先机。当产品不再具备吸引用户的独特需要，品牌优势也会自然削弱。只有产品以不断创新，主动迎合市场潮流，又不失品牌价值的格调，才能经受消费市场的洗礼。在这一点上，Cleer 产品当之无愧地会成为音频市场的宠儿。

　　很显然，Cleer 智能耳机音响系列产品，有着新锐品牌的高端气态，上线就惊艳四座。一款 Cleer ARC 音弧开放式真无线耳机，打破了长期以来入耳式耳机一统天下的局面，开辟了外挂式耳机的先河，应该说是一款划时代的智能耳机产品。2021 年 8 月 18 日，Cleer 成为抖音"818 新潮好物节"唯一的 3C 数码品牌赞助商，并推出全民挑战赛，参与明星直播带货，GMV 实现历史性突破。

Cleer ARC 音弧开放式真无线耳机，作为"最强单品"连续在 618、818、双 11 电商大节中稳居抖音平台全"影音电器"类目店铺榜、品牌榜、商品榜销量额榜首，连续蝉联天猫、京东挂耳式蓝牙耳机加购榜第一，热销榜第一的成绩。

Cleer 的品牌战略是必须确保行业前三的位置，因为流量时代的商业模式，没有情感消费的存在空间，如果不能保住这个名次，那就意味着被淘汰出局。市场没有闲置空档，你行就有生存空间，你不行就会让你秒消失，没有中间地带。可谓适者生存的道理，在流量经济中表现得淋漓尽致。所以，Cleer 产品的设计理念，是把产品做成市场翘楚，绝不做人云亦云的跟随。始终保持用户群体对耳机音响原有版本的认知颠覆，与其对应的就是产品的创新，只有不断创新，不然无法登上流量经济这趟时代快车。

但不置可否的是，在流量经济加网红时代叠加效应作用下，快消品式的营销此起彼伏，流星一般闪过。而真正有品牌战略的产品，在流量浪潮中，要有足够的定力，站稳脚跟，把流量营销视为产品多了一种消费选择，产品的品牌地位还是靠独特性和高品质赢得粉丝。在抖音上，Cleer 的产品视频达到了 1000 多万的访问量，创下了智能耳机线上展示和销售量第一的纪录，而且一直保持热度不减。

用好流量经济这门宝典，运用品牌战略，结合流量管理，该拿的拿，该放的放，这样做电声行业领跑者才名副其实。

创造经典

品牌不一定都是经典，但经典的一定是品牌。Cleer 产品智能耳机音响致力于创造经典，所以她成为全球知名音频产品品牌。

世界上所有不朽的品牌，之所以能够经久不衰，大都因始终如一的品质、品牌价值和设计风格，历经世事变迁，不管什么样的社会审美意愿，都会给予赞誉。比如爱马仕、LV 的箱包，总是给人一种无可挑剔的臣服感，它们带来惊喜的背后，从创意设计、选材、生产工艺都可以讲出故事，这些隐形的存在，使得品牌有着强大支撑。再比如苹果电脑，从最初的设计祭出，在不停地更新迭代发展中，万变不离其宗，做到了品牌价值最大化。

Cleer 品牌旗下的任何一款产品的设计，均以不可替代的独特性，展示出品牌价值的雏形，并致力于这种品牌战略可持续性。从外观设计到产品特性，都表达出 Cleer 的语言符号，由内而外渗透品牌基因。Cleer 以行业发展的前瞻性，汲取奢侈品之精髓，增进品牌在既定品格磁性。为此，在产品酝酿阶段，就已经决定了成为奢侈品的走向。产品设计层面，吸取和容纳转化了瑞典及北欧工业设计的风范，并有劳斯莱斯幻影主设计师设计 Andre de Salis 设计加持。

这令人想起乔布斯，他对待苹果的产品，每个细节都去关注。就像 Cleer 也是一样的，实际上这就是讲清楚讲透彻一个品牌里面的故事，把握每一个细节，每个细节串起来就是一个整体，也是形成一个品牌整体完美的基本要素。

吴海全先生作为 Cleer 实施品牌战略的灵魂人物，已将上述精神融会贯通，形成一整套自主品牌体系，一个在视听行业中独立的血统。

那么，Cleer 品牌在成为经典的路上，还有很多问题亟待丰富。成为经典的前提，除了产品之外，市场认知才是决定性的。追求创新的技术，创新的思维，来满足消费者不同的需求，挖掘到不同的需求，用产品的独特性直逼消费痛点，在行业内标新立异。

所谓经典，就是有着纯真血统的产品，通过消费认证获得经久不衰的存在。Cleer 的产品基调，就是做一个世界上最好的品牌，让全球视听行业有"中国声"。基于创造经典，冠旭电子在打造品牌时，提出了更高质量的发展这个概念，更加坚定地沿着这条路走下去。因此，Cleer 品牌有了明确的市场方向，充分考虑用户对品质和品牌的接受，通过一系列行之有效的营销手段，完成品牌的市场地位。

Cleer 的品牌特质，注定了她成为经典的所有要素。

第二辑

■

闻声而来

闻声而来是Cleer品牌战略的基点，以创新和精湛技术，用完美的设计意愿延伸成某种想要的生活。而"未来已来"，就是把你想要的生活提前植入现实，给你带来惊喜、惊奇、惊叹！

邂逅 Cleer

雾蒙蒙的天气过后，伦敦迎来了一个初晴的下午。在英国旅行的谭锐，心情被几天的雾气笼罩着，时不时冒出些许不快，好在有音乐相伴，以至于没有那么烦躁。

到了下午茶时间，习惯伴随着音乐享受香茗甜点的谭锐，沐浴在久雾初霁的阳光里。他戴上耳机，在手机上搜到爱德华·本杰明·布里顿的《小提琴协奏曲》，哪承想音乐响起，从耳机发出的声响令他很不舒服，似乎失去了原曲中的宽阔、纯净和沁人心脾的触动感。单音传输的音效仿佛机械的敲打声，加上从窗外不断飘进的城市噪音，天呐！谭锐一下子要崩溃了。

摘下耳机扔到一边，瞟了一眼桌上泡好的铂爵红茶，还有三两份用中国瓷盘摆放的精美点心，亦没有了品尝的兴趣。他坐在窗帘半掩的飘窗一侧，背靠在实木全包的窗框上，心情仿佛比前几天的云雾笼罩还要阴沉。

手托着下巴，谭锐为耳机的事纠结良久。

　　一直到用晚餐的时间，他去餐厅草草吃了点东西，起身穿过走廊，下了旋梯，便出了酒店门厅，招手叫了辆的士，直奔骑士桥旁边的哈罗德百货公司。

　　据说哈罗德百货公司是世界上最大的百货公司，也是全球奢侈品最集中的地方，可以说是奢侈品汇聚的代名词。谭锐在出国前和女友一起，专门在网上查阅过资料，对这里有了一定的认知。不过他只身而来，怎么也要来逛一逛，特别是女友留意过的那些品牌、包包、饰品以及女人感兴趣的物件，谭锐心领神会，自然要光顾一番。

　　谭锐虽不是多富有的人，属于国内中产阶级偏上水平，年近不惑依旧与女友亦是若即若离。他平生只有两个爱好：书与音乐。

　　书会使人精神丰富，音乐让人向自由奔赴。在谭锐的书房里，各个时代的音乐制品的陈列，是除了书之外的一个独立单元。胶木唱片、卡式盒带、DVD碟片分类归置的整齐有致，格式音频设备的摆放也以颇具年代感。

　　爱好音乐的人，对自己使用的音频设备有各自不同的要求和偏好。而最根本的要求，就是通过设备传达出来的音效，必须是符合使用者的心理诉求和客观达成。酷爱西方古典音乐的谭锐，自然比一般听歌的音乐爱好者，对音频设备的要求要高出一个层格，也可以算作"另类"。

　　进了哈罗德百货公司，除了震撼，谭锐找不到第二种反应。独特的店堂设计给人以滞留在音乐与时空相叠带来的忘我之感，随后蔓延至身体的每一个触角，远比纽约的梅西百货公司更具质感。

逛完了女友在网上留意的区域，谭锐并没有急于购买，他需要与女友沟通之后再做选择。来到电子区块，他首先想到去看看耳机，因为下午茶时听音乐时的不悦，他急于想拥有一副符合自己聆听的耳机。

哈罗德百货公司经营的商品都是世界顶级品牌。这一点谭锐是知道的，来到音频展区，像丹麦的 Bang & Olufsen、美国的谷歌、苹果、日本的索尼、德国的拜亚动力等等，他先在这些品牌的店面里流连忘返，当他来到一间名叫 Cleer 店面时，本想一闪而过，因为他没有听说过这个品牌，但又出于好奇心，犹疑片刻后，便走了进去。

看过陈列的 Cleer 十几款产品，并没有触动他的购买欲。女店员迎上前，问谭锐有可以帮忙的吗？本想离开的他停了下来，把诉求告诉了女店员。女店员给他推荐了一款外挂式耳机，并从货架上取出一只递给了谭锐。

接过耳机，谭锐没有先去打开，而是仔细注视着包装盒的说明。在制造商标注上发现 Made in China 的字样，他瞬间怔住了。照理说他对音乐的酷爱，又是一个经常旅行的人，对国内耳机市场是很了解的，怎么就没有听说过这个 Cleer 的牌子呢？

谭锐没有随即买下耳机，礼貌而得体地向女店员道了谢，便转身离开了门 Cleer 店。

回到酒店，谭锐坐在桌前，先点上一支烟。从出门到现在已经几个小时没有抽烟了。点上烟之后，他打开随身携带的笔记本电脑，看看手表，还差一会儿才到与女友约定的聊天时间，便上网查看了 Cleer 官网。

进入 Cleer 页面，谭锐想象不出自己是个什么表情。原来这家公司离他在深圳的住址那么近，也就半小时车程。同在深圳，同在一个区，作为一个音乐迷，竟然不知道身边有这么个地方，未免也 low 了。

他似乎没有心情去想别的了，想返回哈罗德，去体验一下 ARC 耳机，可此刻早已过了百货公司打烊的时间。

闻声而来

冠旭电子的用户分布在社会每一个阶层，但都是闻声而来，Cleer 品牌在音频市场上，给用户带来了不一样的电声体验。

因为独特，所以受宠。

结束了国外旅行的谭锐，回到深圳很快恢复了日常。音乐是他生活的一部分，没有音乐的陪伴，他会觉得时间黯淡。早餐后，他来到自己的书房，边听音乐，边整理和归置旅行沿途带回的物品。在他打开音响，音乐的带入感让他想起，在伦敦哈罗德百货公司，Cleer 品牌店里的 ARC 智能耳机。当时没有急于购买，是觉得它产自深圳，而且离自己家那么近，不如上门去体验。

驱车来到龙岗区国际低碳城，导航至深圳市冠旭电子股份有限公司。

进到产品展销门店，他和其他顾客一样，用心观赏每一件产品。与别的顾客不同的是，他是音频电声产品方面的行家，确切地说，是一个玩家，还是一个见过世面的玩家。

绿色交响之一
晓东画 2023.3.8.

　　在展销厅转了一圈，他折回摆放 ARC 耳机的展位前。这时，一位女店员走了过来，以专业熟练的用词，亲和有度的语调，耐心介绍 ARC 耳机的产品性能。

　　谭锐没有像别人一样问这问那，他只是安静地听着，眼睛不时盯在耳机上。

　　不得不佩服这位女店员的洞察力，她随手拿起一个拆过包装塑封的耳机，指了指身后不远的接待桌，向谭锐示意。女店员一番操作演示后，谭锐戴上 ARC 耳机，连好蓝牙，按提示播放了一支曲子，听了两三分钟，便起身走向门外。女店员没有被他的举动惊到，反而从容地坐着没动，只用目光跟着谭锐的背影。

　　出门站在路边，马路上车流不断，各种噪音喧嚣起城市特有的声响环境。戴着 ARC 耳机的谭锐，感觉音乐和环境有一种交融。这是他想要的结果，一种可以在凡尘中，依然感知到音乐幻化的圣境。

　　回到店内的接待桌，他没有摘下耳机，看了看女店员，或许是想问她为什么没有跟出去，不怕我跑掉吗？然后伸手指了一下展销厅内星巴克的方向，开口了说了进店后的第一句话："麻烦给我一杯无糖清咖。"

　　看得出来，他还没有从 ARC 耳机里的音乐中走出来。

　　大约过了二十分钟，他取下耳机，拿在手上端详着。最后选了一个紫罗兰色和一个象牙白色各一副 ARC 耳机，付款后依然是意犹未尽的表情。

　　女店员见状，随口问了句职业习惯用语："先生，您还有什么需要吗？"

　　谭锐问道："若不是我在伦敦哈罗德百货公司看见过，知道了是你们的产品，也就找不到这里。我想问的是，你们都能在世界顶级奢侈品商场里设点摆摊了吗？"

　　女店员被他这番话问得有点蒙圈了，一时不知该如何回应。说他孤陋寡闻吧，显然是不礼貌，感觉他有点像拿与众不同的见识，故意拔高自己的规格。女店员心里这样想，脸上却保持着微笑。准确地说，这不是她能够回答得了的提问。

　　品牌推广是一种战略。决策者在制定品牌战略时，有很多考量。诸如市场布局，产品走向，消费指引等，这些是基于产品品牌所具备的身价而预估的。Cleer 的 ARC 耳机并没有把自身定位在只是一款智能耳机，而是去开创一种生活方式。所以，从一开始的创新设计、材料遴选、独特品质以及各种细节和元素，都赋予了冠旭电子标志性的价值观，即唤起奢华、精致、唯我所拥有的血统。站在社会发展和生活引领的前端，把 Cleer 品牌定位成众生所需，而又不因价格导致消费畏缩的奢侈品。

Cleer 品牌在英国、美国、加拿大等全球著名奢侈品店的展示，意图很明显，就是要告诉受众，我是经典，不可替代。这也是对国内消费群体的一种消费鼓舞手段，因为改革开放几十年，并没有完全改变相当一部分人对国际知名品牌的消费依赖。选择在著名奢侈品店作为品牌传播地，不但告诉用户 Cleer 是世界的，同时也煽动了国内用户的消费回溯本土化的趋势。

在冠旭电子的企业手册封面上，有这么四个字："未来已来"。乍看到时有些扎眼，当然也只是瞬间的感觉。从语义学来看，有违背逻辑之嫌，本来未知的东西，何以冠为存在？但转念去想，倒颇有几分哲学意愿，Cleer 从品牌创立伊始，以可预见的结果为前置，形成一种倒逼自我的态势，加速催生想要的结果。

逆向思维在品牌推广中，远比约定成俗的章法更具杀伤力。

选择成为 ARC 智能耳机用户的谭锐，只是从表象产生了对 Cleer 品牌营销推广布局的疑惑，并不影响 Cleer 又多了一个用户。

当然，女店员达到了销售目的，是对她尽职的褒奖。至于她解释不了谭锐的疑惑，既在情理之中，又在意料之外。

闻声而来是 Cleer 品牌战略的基点，以创新和精湛技术，用完美的设计意愿延伸成某种想要的生活。而"未来已来"，就是把你想要的生活提前植入现实，给你带来惊喜、惊奇、惊叹！

唯你独有

"听我听世界!"

这是冠旭电子创新的主旨，也是旗下 Cleer 智能耳机品牌追求的终极目标。冠旭电子智能耳机专利申请数量位居全球第 7 名，紧随苹果（第 5 名）和美国高通（第 6 名）之后，华为排名第 10 名之前。

Cleer 系列智能耳机努力创造清新独特音色，提升声学完美体验。历经 25 年孜孜不倦的求索创新，一跃成为国际知名品牌。

第一次看见"听我听世界"几个字，觉得质地感超强。各类品牌宣言式的文字随处可见，走心的则不多，入心的就更少了。

访问冠旭电子花园工厂前的一个晚上，我照例在山坡绿道散步，遇见 H 君。他问道："老师近来在忙什么?"我便把参观访问花园工厂的事说给他听，看他听我讲完竟来了兴致，就邀他至家中。

　　H 君是我的忘年交，年纪轻轻，活得却很通透。我们在一起聊的话题，貌似与现实格格不入，却是离生命与灵魂最近的感悟。

　　案头刚好放着从冠旭电子带回的几本企业手册，H 君趁我泡茶的工夫，没等与我推杯换盏品茗说茶，随手先拿起案头上的手册翻了起来。

　　"有个性！"他无厘头地冒了一句。我侧过身瞥见他捧在手上的册子，刚好是"听我听世界"那页。我不由在心里念道：改变生存意愿的，恰恰是那些人们认为没有用的东西。

　　比如，音乐、哲学以及一切艺术形态。

　　H 君问我，怎么理解这几个字？作为冠旭电子的企业宣言，或者是的品牌 Cleer 的推广词，首先显露的是一种自我达观，同时，也透着勃勃生机的底气。而且，就文字本身的虚无色彩，可解而无解，但又绰约心际，说什么都觉得多余，只有尊重如来，就像我们常说的，只能意会不可言传，冥冥之中才冠以真正的生存向往。

　　从书架上拿过一部耳机，这是去冠旭电子花园工厂参访时，董事长吴海全先生送给我们一行的随手礼，是 Cleer 系列智能耳机中叫阿尔法（ALPHA）的一款。H 君接过耳机，连上手机蓝牙，选了一支《拉德斯基进行曲》，音乐响起，从他沉醉的表情中，已经看到阿尔法给他带来的体验愉悦。

　　我没有打断他，听完一遍，他又重播了一遍。曲终良久，他才略显不舍地摘下耳机。好像自言自语地说道：听我，把两个字倒置，我听。

我明白他想表达什么，往复于时空跨越的通灵之感，从阿尔法耳机高品质的音效中流淌出来，似我听，亦听我。

但是，这份感受唯我独有。

通过音效体验，在主观与客观的两极作用下，一是凸显了Cleer 在音乐表达上的独有基因，随听觉而萌生地接受美学范畴，恰当而准确地形成其他同类耳机无法达成的精准音阈。

H君从体验阿尔法耳机的沉浸中稍缓过来，端起桌上的钧瓷茶盅，慢呷了一口。然后，看了看我，聊起了他的感受。他知道我对音乐评价的偏好，所以就忽略过此类话题，只谈 Cleer 阿尔法耳机。他说阿尔法的保真效果，是他之前使用过的所有蓝牙连接输出音效中，最接近心灵阅读的一款。音乐空间里所需要的心无旁骛，在阿尔法耳机的音效中得到了体现。

与他同感，起初得到这款耳机，看到它的名字，也只是觉得就是一个称谓而已。听过并仔细端详之后，便开始探究设计者为之取名的缘由。Alpha，希腊字母表的第一个字母，意即开始。也就是说，设计者想传达给使用者的信息中，强调了最初的意识符号，是对使用者同类体验过往的一次无意识否定，从而达到自身的全新诠释和品牌提示的双重作用。

对品牌消费的潜移默化，首先要让消费者在其产品消费过程中，获得自我存在的舒适感，与生活必需的实用品不同，非生活刚需用品的推广，切忌强力作用下的生推硬塞。

阿尔法耳机的柔性表达，给了我深入 Cleer 品牌的一个良好开端。H 君请我帮他买一部阿尔法耳机，我说下次去冠旭电子花园工厂，一定叫上他，抑或在 Cleer 系列产品中，还有更贴切于内心获得的款式。

H 君走后，我戴上阿尔法耳机，摆了一个较为舒服的坐姿，让灵魂行走在理查德·克莱德曼钢琴幻来的《星空》。

一秒到太空

看到这句推广词，忽地冒出玄幻之感。是何等的霸气，让 Cleer ALLY PLUS II 一款真无线自适应降噪魔盒耳机强势呈现？给人以时空无阻、谁与争锋的豪迈。

一个品牌的创立，都会经历常人意想不到的艰辛与坎坷。崎岖的探索之路，必然打造出一种无法替代的气质。决策者带领创意团队不懈努力，把这种气质注入品牌，赋予品牌与众不同的灵魂。

Cleer 正是具备这种气质和灵魂的品牌。

参与 Cleer ALLY PLUS II 品牌推广的 K 先生，谈起这款噪音灭霸的智能耳机，脸上总是洋溢着自豪。他告诉我，这一款产品主打的功能是"自适应主动降噪"，就是较之以往的降噪耳机，在家里、坐地铁、走在去办公室的路上，以及不管其他什么外部环境，遇到不同的噪音，你需要通过手动的操作，来切换降噪模式。而 ALLY PLUS II，是国内第一款搭载高通自适应主动降噪技术的智能耳机。

而面对目前市场上林林总总的智能耳机，如何将 ALLY PLUS II 的品质和性能优势转化为卖点？在好酒也怕巷子深的现代营销背景下，尤其对新入市的品牌，由于缺乏消费者对品牌的认知选择，要想有所突破，必须在市场推广上下一番功夫。在董事长吴海全先生主持下，对国内外主流降噪耳机的市场运作进行了大量调查和细致研究，发现这些品牌在营销传播上，大多还趋于传统模式，以强调产品卖点为主，忽略了与用户互动环节，使得品牌认知僵化，没有传递出品牌的人文情怀。

"一秒到太空！"推广爆点祭出，接下来就是如何将概念变成具象，以生动并带有普遍认同感的载体传递出去。根据 Cleer AL-LY PLUS II 在使用上的表现特质，展示其不可替代性，满足这个前提条件的形象代言，只有宇航员。

戴上 Cleer ALLY PLUS II 智能耳机，无论你身处何处，都能一秒切换到太空一般的宁静感受。拟定好品牌推广主题，就到了精彩演绎的时刻。

在深圳科技白领聚集地：南山科技园，推广团队做了一次快闪行动。一位宇航员形象的人出现在最吵闹的地铁、公车站、闹市区，他举着的牌子上写道："太吵？用 ALLY PLUS II，一秒到太空。"所到之处，都引起一片惊呼，强烈的品牌带入感瞬间产生了共振效应。很多路人拍了视频，活动还没有结束，抖音，小红书，微博等新媒体几乎是现场直播的频率，把 Cleer ALLY

PLUS II 推上了网络。

　　紧接着，在机场，商场数码店又推出宇航员形象海报，迅速将"一秒到太空"的产品优势传播开来。仅在抖音平台上，话题超过 2.4 亿的浏览量。

　　事情往往就是这样，用爆点去击打痛点，这有点像中国古代的刮骨疗法，虽有借助外力，只是为达到想要的目的。十几年前，书店里那些铺天盖地的营销学书籍，现如今只能在某个角落静静地躺着，而且是在人们的不经意之中被冷落了。远离这些书籍的人当中，绝大部分是读过这些书，并受之鼓动极力想成功的人，蛮有讽刺意味的这一幕，也只用了区区十几年。再就是各类教人炒股的书，以及开设在豪华楼宇的炒股培训班，集聚了被发财梦搞得五迷三道的人，最终差不多都是倾尽囊中，黯然退场。这些人忽略了最简单的常识：要是真有成功秘籍，那些写书的人会告诉你吗？他自己比你还想发财。

真正的明白人，懂得在可能和必然之间存续演变过程。

参访冠旭电子的当天，董事长吴海全先生设宴欢迎我们一行。在礼节性的餐桌上，宾主把酒言欢，论及话题广泛无序，可谓海阔天空。因为我戒了酒，在这种场合就等于放弃了话语权。煮酒论英雄，我只有扮成身居世外者，悠然做一回看客。

出于职业习惯，对宾主之间的对话，基本上能做到心里同步复述，并品味其中的话外之意。客套话自然是忽略不计，但吴董事长针对冠旭电子和 Cleer 品牌的介绍和展望，我都悉心留意。

离开冠旭电子，在回去的路上，外面是漆黑夜色，偶尔有沿途的光亮闪过。坐在车的后排座，我把晚宴上的情形在脑子里仔细过了一遍，突然有一个触动，不知不觉与"一秒到太空"的品牌推广词产生了交叉，我的思维戛然停住。原来与我看到这则推广词所想到的出处，在吴董事长今晚的谈话中得到了证实。难怪在全球声学行业，很多曾经规模很大的企业都渐渐退出了市场的情形下，吴董事长带领的冠旭电子，却是一路凯歌，节节上升。

决策者的格局与情怀决定着品牌的发展走势。

游泳冠军

　　戴上 ARC 耳机，音乐响起的瞬间，L 差点蹦起来："又回来了，又回来了!"家人被他的两声惊呼整懵了，只有他妻子不但没有那种惊愕的反应，还露出一脸欣慰的微笑。

　　L 曾经的全国青运会的游泳冠军，很小的时候，就加入了专业游泳队，多年的水上运动，导致了耳疾。酷爱音乐的他，除了吃饭睡觉，还有训练的时候，其他时间都会戴上耳机，沉浸在他喜欢的音乐里。近几年来，他的中耳炎不断加重，每次耳机塞进耳朵，就会嗡嗡作响，声音尖厉，同时引发难以忍受的疼痛。渐渐地这个他生活中最大的爱好，不得不因耳疾放弃。

　　离开了音乐，生活就像少了点什么，L 开始有些郁郁寡欢。带着这种苦恼，一直寻找适合的耳机，终是无果。直到前不久，L 在抖音上刷到了一个推广耳机的直播间，视频里看到这款 ARC 智能耳机，起初也是将信将疑，便记下了视频中发出的联系方式。

　　第二天，按联系方式，带着试试看的心理，L 发去了一条微信。信息里把自己的情况简单做了说明，并对 ARC 智能耳机的性能等方面做了咨询。至于能不能收到回复，他心里没底。因为他在抖音得知，Cleer ARC 直播间的日点击量有几百万之多，信息反馈量肯定也会超多。

他真的没有想到，微信发出去几个小时后，居然收到了回复。更令他意外的是，信息还是冠旭电子董事长吴海全先生亲自回复的。

吴董在回复中对产品进行了详细介绍：Cleer ARC 真无线耳机，开放式设计，不用塞进耳朵，不硌耳，不夹耳，耳朵久戴不涨疼不闷汗，透气舒适；而且是定向传音技术，保护隐私，听感优质，维持耳朵与环境的温度湿度平衡；特别是简便挂设计，牢固便捷，是中耳炎等各类耳疾患者的最佳选择。

了解了 ARC 智能耳机的性能，L 再次进入到抖音直播间，又一次看了 Cleer ARC 的产品使用演示，然后，直接下单买下了耳机。

本以为这辈子与音乐再没有多大缘分了，自从有了 ARC 音弧智能耳机，L 的快乐时光又回来了，就像我们开头描述的那样。

品牌的树立往往就是这样，品质的真实性与品牌宣传所产生的叠加作用，应该如润物无声一般，渗透到一切可能拥有用户的地方。而且随着 25 到 45 岁的中产阶级成为时尚主流，在品牌消费的占比具有绝对优势。他们不怕多花一点钱去拥有独特的东西，愿意为享有风格和品质而付出代价。

　　Cleer ARC，也包括 Cleer 品牌名下的所有产品，都带有冠旭电子的 DNA。Cleer 用独特的声学科技手段，"智造"与同行们不一样的视听频段，植入了奢侈品的血统。在产品不断迭代更新的过程中，坚持不懈地创造行业内最具创新性和成为国际知名品牌的产品。自 1997 年开始，Cleer 产品研发就与世界电声的知名品牌在一个赛道上，此短彼长，犬牙交错。虽然面临各种因素影响和制约，比如处在供应链上的前端器件，受国际政治、资本等方面的波及，但从未停下过前进的脚步。

2021 年，随着 Cleer ARC 音弧智能耳机的产品发布，冠旭电子向未来的声学科技说 HELLO；继有线、TWS 后的第三代智能耳机革新登场。通过用户体验，以及别出心裁的品牌推广，很快成为全球智能耳机产品的新宠。注重用户体验，锁定并诱发潜在消费群体，利用流量时代产生的无限扩散效应，祭出实惠的"科技+美＝奢侈品"的创新概念。

"我就是我，不一样的我。"这是所有能够称之为品牌的产品都力求达到的被认知属性，并以此赢得声誉。Cleer 的产品是以完美的设计，创新的技术，高端的品质来吸引和培育情感消费者的关注。尤其在国内，作为全球最大的高端品牌消费市场，有着独特的供需形态，从众的社会心理，在品牌得以消费认同后，会以超出营销期望的蔓延速度，成为某个产品领域市场占有率的佼佼者。在中国，成功品牌的行销，省略了市场沉淀期，那些国际上公认的大品牌，都经历了少则几十年，多则一两百年的市场碰撞，才得以深入人心，行销全球。而来到中国，几乎没有受到任何的消费阻碍，就成了家喻户晓的消费新宠，或者是消费期待。

冠旭电子的决策者，在创立 Cleer 品牌时，是看到了这种可预期的前景，并在产品的设计研发、工艺、质量、选材等每个细节上，对标高端的同时，特别注重产品的人文情怀，不失时机地为 Cleer 品牌充实内涵。

梦·现实

音乐总在似梦非梦中，把走丢的自己找回来。

Jieni 是一个十分挑剔的漂亮小姐姐，时尚与孤独两种貌似对立的性格底色融于一身。她对品牌消费情有独钟，在她的生存空间里，但凡需要示人的物什，无一例外的都是公认的知名品牌。

即便是摆在家里的电声产品，也是丹麦 Bang & Olufsen 一对独特几何造型的音箱。因为音乐是她生命的必需，她总是在音乐里发现和寻找自己，在音乐里与自己对话，在音乐里描绘想要的生活。

由于工作的原因，她暂且没有了以往两点一线的生活状态。频繁出差，奔走在各个地方。于是，急于买一副耳机，先是在网上去看，但不会在网上购买，她喜欢在实体店与喜爱之物的触摸感。来到机器时代门店，她首先入眼的是自己熟知的品牌。一开始并没有在意，恰巧店员正给另外一个顾客推荐 Cleer ARC：这是一款不入耳，更利于耳道内外环境平衡，避免长期堵耳听音对听力的损伤的耳机；这还是一款不会因为在运动长时间出汗久了堵塞着沉积大量细菌，相对传统入耳式耳机更加卫生的全新智能耳机。

她耐心在一旁听店员的介绍，看店员给顾客做佩戴演示，一直没有出声。那个顾客买下了刚刚体验的那款耳机，付钱离开后，她叫来店员，请店员拿来刚才卖掉那款耳机。Cleer ARC，她自言自语念出耳机的名称，随口问一句："这是哪国的？"

"就是我们深圳产的。"店员回道。

就在她想伸手将耳机递还给店员时，店员又把刚才给那位顾客的推荐语重复了一遍，而且特别强调道：Cleer ARC 是全球耳机排名前三的品牌。

小姐姐瞥了一眼价格，但她绝不是为了钱多钱少的缘故。转身让店员给她演示，之后又拿在手上仔细地看，一系列体验操作后，Jieni 买走了耳机。

大凡与音乐结缘的人，对音频产品的关注度要高出普通人群75%以上。严格意义上的音乐，不是流行一时的通俗歌曲，不管中国还是外国，经典才能经久不衰。雅俗之别在于前者可以让音乐与灵魂同行，后者只是消遣。所以，好的电声器材也是有灵魂的，它的灵魂就是对音乐的诠释，有着不可复制的 DNA。

Cleer 电声产品，解读音乐功效过程中，有不同于其他同类产品的频段，这种独特频段可根据受众的不同需要，播放他们想要的听觉感受。

　　Jieni 小姐买了 ARC 耳机后，没有几天就踏上了出差旅途。一路上不论是乘坐高铁、还是地面交通，或者穿行在人海车流中，或者海边临风浪涛声声，ARC 始终戴在双耳，那种独特频段输出的音乐，不论是交响曲还是奏鸣曲，还有那些或委婉或抒情或忧伤的歌曲，都使 Jieni 获得了全新的心灵体验，哪怕是以往耳熟能详的曲子，也有了从前沉浸其中的不同感悟。

　　她仿佛被梦与现实双向游离着，Cleer ARC 让人感受到音乐和自然环境产生了无缝对接的奇妙感觉。

ARC 音弧

一个海风习习的午夜，Jieni 在下榻的滨海假日酒店的房间里，沐浴后，半倚半躺在临窗的沙发上。戴上 ARC 耳机，选放了舒伯特的小夜曲。这是她特别熟悉的曲子，甚至能够在内心复述曲调和旋律，那番清纯、辽远不知多少次伴她入梦。而今晚从 ARC 耳机传出的音质，让她觉得有某种第一次聆听的新奇，印在记忆里音节失去了重叠的投影。她按下重播键，努力寻找着与之前不一样的听觉，就像见了一位故人，熟悉与陌生同时出现在一张面孔上。Jieni 被这奇特的体验震惊了，猛地起来，撩开薄纱落地窗幔，附身窗台，远望夜空。仿佛看见自己在音乐的意境之中，朝着一颗星星的方向走去。

没有高低频的此消彼长，舒伯特演绎的夜，从 ARC 耳机传出的是圆润、纯净、落寞的消散和不知何来又想去贪享的淡淡忧伤，怀念和冀望被揉碎了，像一颗颗籽粒洒满心田。

晚风抚来一丝困意，Jieni 拉上窗帘，戴着耳机躺下，继续着音乐诱导的心灵之旅。此刻，她分不清是梦是醒，频段 ARC 赐予的徐徐飘然通体漫过，只觉得自己在一叶方舟上，内心的主唱和天籁之声，衔着橄榄枝的白鸽在头顶盘旋。

转瞬，是一片熟悉的街区，心心念念的小吃店，跨线立交桥，地铁站转角橱窗里的时装，下班路上迎面照来的晚霞绯红，像过电影一样在音乐中闪现。而伴随其中的是她忙碌的脚步，生怕过了一半斑马线变了红灯……

生活就这样在音乐里，像魔术，像梦，像变色龙。

拜 ARC 所赐，Jieni 小姐更是把 ARC 耳机看成一种奢侈、时尚，一种我心我知的优越。在音乐的触动中，她相信了弗洛伊德的话：梦即现实。

而她戴着 ARC 耳机，余事不念，小夜曲一遍又一遍循环播放，管她是梦是醒，得到一个新世界足够了。

弗朗索瓦·于连

作为法国当代知名的哲学家、汉学家，弗朗索瓦·于连非常关注中国的发展，通过透视中国政治、技术、文化方面与西方社会的关联对比，发现中国的市场经济发展的强劲态势，得出很客观的结论：未来属于中国。

　　这是他接受爱马仕总裁克里斯蒂安·布朗卡特之邀，为爱马仕管理层做中国发展讲座时的感慨。

　　信息时代的科技跨越了国界，成为人类共享的一笔巨大财富。同样，社会的发展，人民生活水平不断提高，自然会带来生命体验的跃升，从而让生命达到超越自我认知的品质。

　　爱马仕总裁克里斯蒂安·布朗卡特，之所以盛邀弗朗索瓦·于连为爱马仕的高管们讲授中国故事，是因为爱马仕看好中国市场，他们需要一套行之有效针对中国消费市场的品牌战略。品牌不论对一个企业，一个民族乃至一个国家都是一种实力、文化、技术和精神象征。

　　冠旭电子从诞生之日起，已将品牌战略放在企业发展首位。Cleer 品牌注重市场认知高度，从传播学意义上，揣摩本土消费对自身品牌的关注渠道。Cleer 品牌同时在中国和美国注册，以墙内开花墙外香，再通过墙外回溯的芬芳，烘托和刺激本土市场的好奇消费心理，满足产品需求的特定群体。

　　比如，在美国、英国、加拿大等国家的顶级百货商店，全球最专业电子音响专卖店和全球最大家用电器和电子零售集团、奢侈品店设立 Cleer 品牌专柜，这是基于国内每年有 1.6 亿人次境外旅游的庞大消费群体中，相当一部分人有海外购物的消费前置心理，从而展示品牌高品质的举措。同时，也是将 Cleer 品牌国际化，彰显中华民族自信心的具体体现。

　　弗朗索瓦·于连对中国智慧的跨文化思考，涉及很广，尤其在展示策略上，归纳出暗示、隐喻、含蓄、影射、间接等方法的运用。据此，我们延伸至品牌的推广也是同理，重要的是借鉴和把握。Cleer 作为一个电声产品的品牌，在时间维度上，与西方那些享誉世界的知名电声产品品牌相比，不论在市场占有率和消费认知度上，都不占优势，能与之比肩的只有科技创新产生的品质自信，以及那些老品牌带来的消费审美疲劳而被忽略的购买选择。

不错过任何占据市场一席之地的机会，夹缝中求生存并伺机壮大自己。立志打造未来声学科技新高地的冠旭电子，锚定音频产品最前沿，除了庞大的产品研发团队，强劲的品牌推广战略，还有企业文化萌发的内生动力。可以说，国内企业对人文空间的营造，极少能有与冠旭电子相比拟的氛围。如果说花园式工厂只带来感官愉悦，而大部分有人驻足的静态空间，都有或多或少的图书存放，这种陈列不是摆摆样子，而是最大限度营造紧迫感，人人都从中感受到时不待我的创新意识无所不在。

不用说天天身居其中的每个员工，就连我这个走马观花去过三次的局外人，都有一种莫名的跃跃欲试感。它就像登顶高峰的策源地，正构建出功能强大、联动紧密的创新共同体。骤然间，从弗朗索瓦·于连的"未思"走出来，满脑子又回到对 Cleer 品牌的思考中。

对于 Cleer 的品牌战略，与冠旭电子的董事长吴海全先生有过交流，不能不说他是一个睿智和见多识广的人，我会以独立的篇幅记述他。作为一个品牌的创始人，他的故事很多。

之所以由对 Cleer 品牌的思考扯出弗朗索瓦·于连的"未思"，是因为爱马仕总裁克里斯蒂安·布朗卡特与他有交集。世界顶级奢侈品品牌爱马仕与哲学家的关联，是我感兴趣的事情。起码证明能与哲学有达成的品牌，不会那么俗气，其内在气质和自身的高贵已不言而喻，而这正是 Cleer 品牌创立之初衷。

弗朗索瓦·于连的"未思"概念与冠旭电子企业文化中"未来已来"的超越精神不期而遇，我们似乎已经看到 Cleer 品牌把未来刻画在当下的眼前。

送给父亲的礼物

没有人再去怀疑，科技与人性的兼容，使得生存获得细化、精致、神往，轻松、便捷，面对前所未有的生活境态，忙碌与惬意的间隙，亲情的表达方式不知从什么时候开始，贴上了科技谱写的年代感。

小林在深圳工作几年来，平时很少回老家。去年因为疫情，连过年也没有回去。他日夜牵挂着父亲，母亲早几年去世，父亲孤单一人守着老屋。唯一给他带来乐趣的便是天天拿在手上的单声道播放器，听着那种近乎尖叫的戏曲。由于老年人听觉自然退化，会把声音放到最大，晚上在文化广场遛弯，经常被人指指点点，有几次差点和别人打起来。

知道了这件事后，小林一直想为父亲换一个音响。2021年父亲节前夕，刚好申请了公假，准备回老家陪父亲过一个"父亲节"，就想着带一个音响，作为节日礼物送给父亲。到了电子市场，各式各样的便携式音响看得他眼花缭乱，一时拿不准该买什么样的。他打开手机，想在网上看看有没有更合适的。突然，有一张海报吸引住他。"今天，最美的声音都给爸爸听。"他知道这是推广音响的广告，但 Cleer HALO 对他来说，是一个陌生的品牌。不过，这种很走心的创意让他顿生几分兴趣。

看着海报上的产品介绍，小林似懂非懂，字面上还能够理解的差不多，可那些专业术语上的诱人标注，对他这个之前没有接触过音响的人而言，还是不知所以然。像什么定向传音颈戴式音响、感知四周，营造开放式私享听音空间等，与他对传统音响的认知感觉挨不上。既然是音响，首先让人想到功放性能，怎么又成了私享空间了呢？HALO（骑士），名字听起来像年轻人玩的东西，而父亲那么大岁数，适不适合用呢？

直播间视频正播放 Cleer HALO 产品使用的场景实况：咖啡师在认真调制咖啡的时候，戴着 HALO，在美好音乐的伴侣下，带着愉悦的心情去调制；骑行的人，因为有 HALO 的陪伴，向前的路程变得轻松和充满希望；逛街旅行的人，因为有 HALO 的相随，消除了旅行的陌生感，让旅行变得丰富和难忘。

就像常常听到一个故事，如果为奶牛播放美妙的音乐，奶牛产奶会变得更多，奶也会更好喝。虽然不知道这个事情有没有科学依据，但是我们在生活里是可以感受到音乐的力量的：悲伤的人，因为听到治愈的音乐，心情会恢复；有压力的人，听到舒缓的音乐，压力会得到释放。运动的人听到激动人心的音乐，会挑战自我，向前迈进。

HALO 是一款真正回归生活的产品。它是挂在脖子上的，既是一种潮流的穿戴，又是提升氛围感的随身音箱。关键是听音的同时，不会让声音影响到周边人。

这就是 HALO 独特的魅力，它不是戴在耳朵上的，而是戴在颈上的，不影响你对生活的体验，而为你增加时光的美好。就像 HALO 的推广词："尽享当下！"意思是，让每一个此刻，都由你所有。

带着满脑子的疑惑，小林点开了海报上的链接，进到直播间想一探究竟。看到直播间访问量已达 7 位数，他更加有了迫切感。看过产品体验演示，小林明白了 Cleer HALO（骑士）其中的禅机。原来这款产品的技术是"定向传音"，就是戴在颈上，听音的同时，声音是传递到你的耳朵的，别人不会听得清楚，这样就不会打扰到周围的人，又能解决听音的问题。不仅如此，HALO 还具备专业级 YAMAHA 音效 DSP，令人震撼的音场体验，12 小时播放时长；使用亲肤硅胶材质，精巧的人体工学设计，佩戴舒适。

这也太棒了！小林在心里惊叹，HALO（骑士）颈戴式音箱，远把他之前见过的各种同类产品，一下子不知甩出了多少条街。

科技发展破除了传统认知的束缚。Cleer HALO 人性化的设计，不仅是声学上一次跨越式的创新，产品外观设计也极具美学意义。它具备了一个伟大品牌内涵所应有的外在前置，并由之为用户创造一种独特而难忘的体验。聆听音乐可以创造的情感和神奇体验的同时，也为自己确定了一个行走意念的空间。

这听起来就是一个传奇。

小林如获至宝，没有丝毫犹豫，秒下单买了两台 HALO（骑士）音响。一台作为"父亲节"的礼物，送给远在老家的父亲，

一台留下来陪伴自己，毕竟生活不能没有音乐，更不能没有
感动。

　　Cleer 品牌推广策略，总在不经意间，让本已平淡乏力的电声
音频行业掀起狂潮。以不以小善而不为的人性感知，使潜力巨大
的市场不起浪花，也泛涟漪。Cleer 源于品牌自信所引发的消费关
注，必将成为全球电声音频行业的新典范。

声 缘

　　阿义自驾去滇黔比邻的山区旅游，他不喜欢走高速公路，因为看不到他想看的风景。行驶在二级国道、省道、县道，甚至乡村公路上，路两边的景色或雄伟壮观，或旖旎优美，都是那么的心旷神怡。

　　和每次旅行一样，出发前都会做好精心准备，只不过这次多了一个玩伴。几天前，为了此次远行，他换了一部新手机，但觉得随机配送的耳机传出的声音总达不到音响播出的音质，而且与手机有线连接，开车时也不方便。在电子市场的耳机售卖区，向店员讲了他的诉求，店员不假思索地给他推荐了一款 Cleer GOAL 真无线运动耳机。

　　打开 Goal 产品说明书，发现专为运动而设计的字样后，接着又往下看详细介绍：搭配 Freebit ⓒ定制的专利耳翼，佩戴舒适稳固，半入耳式设计，让你专注于锻炼而不会阻塞周围环境声音。13.4mm 大口径喇叭单元，精心调校，给你极致的音质体验，中高频清晰而不爆音，低频沉稳。充满电可支持 6 个小时播放，加上充电盒可达到 24 小时播放续航，满足运动需求。

这简直就是一款音频神器，他毫不犹豫地付钱买下了耳机。回家后，他取出耳机拿在手上，像端详掌上物一样看得出神。过了好大一会儿，他戴上耳机，连好蓝牙，听到音乐从耳机流出，顿时瞪大了惊奇的眼睛。

听完一曲，他伸手拿起耳机的包装盒，盯着 Cleer GOAL 的产品名称，足足看了几分钟。在他的印象中，这个品牌从来没有出现在他的视线里。他迅速上网，进到厂商的官网，看到了冠旭电子股份有限公司、Cleer 系列智能耳机等信息标注，再往下看，Cleer 竟在全球音频产品品牌排行榜之列。

旅行途中，他基本上是 GOAL 不离耳。

在一个雨声淅沥的傍晚，耳机里的音乐和车窗外的雨声，仿佛把两种意境拼成了一个世界。车行至坐落在山坳中的村寨，并不宽敞的街道半空，飘着一面老旧的幌子，上面写着客栈两个字。路两旁极具民族风格的建筑，在满山苍翠掩映下，散发着诗意，令人驻足。

阿义在音乐的伴随下，把车子停在了客栈门前。住进客栈，他整理下行囊放到一边，便准备出去欣赏一番外面的景色，也想去品尝一下当地的饮食。

天色渐暗，所有窗户点亮了灯火，街道洒上了幽光，人好像是在穿越。突然，有歌声在夜空悠扬，仿佛在倾诉一段凄美的爱情。他循声找去，不远处朝巷子转弯的街角，一片吊脚楼沿街窗口，女子唱着歌，不时向远处眺望。

阿义忙拿出手机，站在离窗口很近的路边，屏住呼吸按下了录音键。回到客栈，他戴上GOAL耳机，播放刚才录下女子唱的歌，听完摘掉耳机，又在手机上听了一遍，两者的音质悬殊很多。GOAL耳机传出的歌声温润、辽远，清泉一般直抵心魂；而手机发出的声音有点失真，让人有一种找不到音准的感觉。他冒出一个念头，起身走出房间，去找客栈老板打听那个唱歌的女子。

老板告诉阿义，女子命苦，嫁人没几天，她男人不知得了什么病，拉到城里医院就死了。婆家说她克夫，就把她赶回了娘家。事情已经过去几年，也有媒人不断来提亲，她说死不嫁。每天晚上站在窗前，一唱就是好久。阿义问老板，能不能把女子找来？老板满脸狐疑看着他，心想别人躲都来不及，不知他想干嘛。

老板没有推辞，便叫自己的婆娘找来了那女子。阿义见到女子，说明了请她来的意图，请她把昨晚的那支歌再唱一遍。唱完后，他用之前两种对比的听法，让女子也听听。女子戴上GOAL耳机，听到自己的歌声，一直满是忧郁的眼睛，瞬间闪烁出惊诧的目光。她并不懂得音质之类的专业知识，但有最朴素的审美感官。她也不知道GOAL耳机的工作原理，只觉得这小小的东西像有魔力似的，能让她感觉到里面传出的歌声，比自己唱的好听。

　　不知不觉中，阿
义看女子的眼神有些
异样。女子则盯着拿
在手上的 GOAL 耳机
看，并没有注意到阿
义的眼神变化。接着
两人聊了起来，阿义
告诉女子 GOAL 是一
种智能耳机，又把
GOAL 耳机产品说明书
上的内容，给女子仔
细说了。女子似懂非
懂露出愕然的表情，随后问阿义可以把耳机送给她吗？阿义告诉
女子，GOAL 耳机是要在手机上打开蓝牙连接才能使用，女子听
完把头低下了，面露窘色。

　　阿义明白了，女子没有手机。但他还是用自己的手机，耐心
给女子演示如何使用手机连接 GOAL 耳机，之后，向女子要了联
系方式，又开始了他的旅程。

　　一个多月之后，女子收到了阿义快递来的一部手机和一个
GOAL 耳机。从那天起，两人各自在手机的另一端，听着从
GOAL 耳机传来对方的声音，时常聊到手机没电，仍是依依不舍。

　　再后来，女子走出大山，来到了阿义身边。

奢侈新贵

　　陆琛装修完新房，家私是按装修风格配套订制的，只要再添置一些日常用品就可以了。与准新郎秦笠相依坐在客厅沙发上，两人分工，各自拿着手机，刷网查找用来室内装饰的摆件，视听类电子产品等。这对小资情侣，双方家庭经济条件也算厚实，所以在选择物品时，随心而动，一般都会忽略价格因素。不一定是最好的，但必须是自己喜欢的。

　　秦笠把搜到的意向性产品一一截屏。刷到音频电声展区时，因为装修预埋了音频线路，他只往环绕音箱和播放设备方面去找，留意在JBL、BOSE、B&O、华为等品牌做比较。一页一页来回翻，翻着翻着，页面弹出一款Cleer CRESCENT（心月）形似船型的音频产品，"这是什么东西?"他心里嘀咕道。

　　他截屏给陆琛看，陆琛摇了摇头，在她看来，客厅那么大，一个这么小体量的播放设备，不可能满足视听需求。她很委婉地对秦笠说，这个宝船的造型蛮好看的，像个金色的聚宝盆，放在电视墙前面矮柜中间，倒像个镇宅之宝。说完又忙着看自己的手机了。

秦笠没有即刻把网页划走，在他看来，科技改变生活是未来的趋势。这使他想起一句经典的广告语："只有想不到的，没有做不到的。"男人生来就有接受挑战和探求未知的天性，新的生活本该有不同于以往的存在。既然陆琛觉得 Cleer CRESCENT（心月）像镇宅之宝，就说明它有可取之处，至于它有没有自己想要的功效，要了解了才可能知道。

CRESCENT 被美国《新闻周刊》评为全球十二个最高技术产品之一！秦笠被网页上这句话迎面撞呆了，他来不及掩饰自己的惊讶，伸手拉了一下陆琛，身子向她挨了挨，指着手机屏，重复地说："你看看，你看看……"

陆琛瞥了一眼手机屏上的文字，心里想，不过是广告推广，依旧迎合着秦笠，"你喜欢就买一个呗。"

Cleer CRESCENT（心月）多声道智能语音音箱：内部嵌入一套 8 个 40mm 单元喇叭阵列和 2 个大尺寸低音单元，为应对不同的使用需求和使用环境，自带立体声加宽、3D 环绕、房间填充三种声效模式，使用时可以很方便地在这三种模式间切换，通过实时对比找到最合适的模式。内置腾讯小微智能语音助手，可以绑定 QQ 音乐和微信听书账号，唤醒"小微小微"即可进行播放歌单音乐、听书、询问天气、定闹钟等操作。

秦笠看完 Cleer CRESCENT（心月）的产品说明，已无心再去找其他的了，记下了厂家地址和联系方式。因为他们马上要去海南旅行结婚，刚好可以顺道去深圳，亲自去看看实物，体验一下到底有没有说明书上说的那么牛。

没过多久，这对新婚燕尔的年轻夫妇，度完了旅行蜜月，取道深圳，来到深圳冠旭电子股份有限公司。来到冠旭的产品销售展厅，向店员说明了来意。店员得知是远道而来的顾客，请他们坐在店内靠近星巴克咖啡吧旁的接待桌前。店员找来店长说了情况，店长便打电话请来了参与 Cleer CRESCENT（心月）产品研发的一个工程师。

经过一番详尽的产品介绍后，工程师为他们做了操作演示。当音响传来宽阔的音阈，有一种内心的美好在空中盘旋，这正是他们想要寻找的声音。绝对是影院级别的震撼体验，有声有色的智能新生活。

看着眼前的 Cleer CRESCENT（心月），陆琛虽然没有秦笠的感受那么深刻，而女人作为形象逻辑的典范，她可以忽略一些内在的东西，对外在的审美愿望一旦形成，所面对的就是一件奢侈品。

的确，Cleer CRESCENT（心月）的名字听起来雅致、规矩，造型颇具东方审美元素，现代与古典的巧妙揉合，蜕变成适应当下社会心理倾向的功能性产品。从这个意义上，CRESCENT（心月）在设置用户群体的营销策略中，已经给出了自身的市场定位。不然怎会出现在哈罗德 Harrods、塞尔福里奇 Selfridges 等多家奢侈品百货公司的专柜上。

陆琛开始用欣赏的目光注视着 Cleer CRESCENT（心月），与她以往购买爱马仕、香奈儿一样，已把 CRESCENT（心月）视为奢侈品。

店员将一台 Cleer CRESCENT（心月）装进礼品袋，同时，作为表达对新婚夫妇远道而来的答谢，店长把一部 Cleer ALPHA（阿尔法）智能耳机当作礼物，送给了他们，并表达了 Cleer 同仁对他们的新婚祝福。

空间物语

这里说的不是物理学范畴的宇宙概念，而是另一种科技与声学和视觉交叉产生的心灵体察和审美愿望所形成的空间世界。

一款由劳斯莱斯幻影主设计师 Andre de Salis 亲自设计，引爆视听传统认知的 Cleer MIRAGE 柔性显示智能语音音箱，它还有一个浪漫诱人的名字叫"海市蜃楼"。

与孤独相伴多年的辛廓先生，应该说是当下的一个另类。他是改革开放最早富起来的那一批人，他所拥有的资本，但按现在中产阶级的生活水准，他手里的钱再过上一辈子也有富余。此人性格孤僻，学识渊博，总是一副居高临下的姿态。自打离开商界，几乎断绝了与外界的一切联系，甚至包括他的家人。

辛廓在城郊置地，建了一处看上去像农舍一样的宅院，院子里种了各种名贵树木，平时大门紧闭，周围人几乎忘了还有他这么一个人的存在。

其实不然，外面的一切他谙熟于心，远比身在其中的人看得明白。

他用尽所能，就是想活成自己。每天品茶、上网、看书、听音乐，屋里的物什差不多都是奢侈品。只要看见自己觉得是稀奇玩意的东西，必收入囊中。

自从在网上看见Cleer MIRAGE（海市蜃楼），就像着了迷，一连几天，时不时打开链接，一探究竟。因为这款音箱完全颠覆了他对视听产品的认知，总会脑补清代王爷们面对西洋人手里的稀罕物时，眼睛里像要伸出一只手的画面。实在耐不住了，他打电话给供应商，咨询之后，随即下了订单。

在辛廓先生看来，Cleer MIRAGE（海市蜃楼）不仅是一台柔性显示智能语音音箱，更是一台空间拓展机。

收到音箱后，放在红木书案上，仿佛宇宙星辰浓缩在及目可触的距离中，阴阳际会，通体空灵，还有一个未知的自己，在身体之外迎面走来。辛廓先生坐在案前，沉浸在自己构建的空间里，眼前不时闪过伽利略、爱因斯坦、哥白尼、霍金……的面孔，然后在嘴角露出自嘲的笑。他慢条斯理地取出一支哈瓦那雪茄摆弄一番，点着抽了两口，思忖在自己虚拟的空间里，会不会遇见那个架飞机升空后，再无回还的《小王子》的作者？尘埃之上浩瀚万物，我又是谁？

辛廓先生拉上双层落地窗帘，打开 MIRAGE 音箱，柔性触摸屏就像悬浮夜晚半空的一抹极地之光，散发一种让人走不出来的迷幻。随之而来的是飘然与忘我，郁积心头许久的孤独、纠结、压抑一下子像被空气溶解了。一组大提琴低徊在萨克斯风的真切冀盼中，声画同步，360°无死角环绕，他顿觉自己坐在一张飞毯上，心到之处，都是风景。

不知过了多久，辛廓先生感觉饥肠辘辘，方知还在人间烟火中。拉开窗帘，漫天星斗倾泻而入，自嘲的笑又不觉挂在了嘴角。内心叹道：一梦千年虽犹长，不及"海市蜃楼"时。

饱餐一场视听盛宴，又食过凡界珍馐，辛廓先生再次回到红木书案前，展开 Cleer MIRAGE 柔性显示智能语音音箱产品手册，想再探究竟，他不想因自己的疏漏，掩埋这神奇创造的功能，而不能发挥其极致。

他一字不落地默念：机身采用悬浮设计理念，设计感十足。其搭载了智能芯片平台，集成亚马逊 Alexa 人工智能，语音控制云端服务，配合柔宇科技（Royole）1920 * 1440 高像素解析度的柔性 7.8 英寸 AMOLED 触摸屏，真正融入任何高端家居环境。其采用独特的 3.0 声道扬声器阵列，3x48 毫米全频喇叭，带被动辐射器设计，让低音更加强劲，而内部带 DSP 的数字功率放大器让声音更真实。真正实现了 360°环绕音响，提供沉浸式聆听体验。

虽说辛廓先生能解其意，也有了置身其中的深刻体验，还是对说明里专业术语知之甚少。虽不影响使用，但对于辛廓先生来说，就像吃过一道美食，一定要知道食材何来，对人体又有哪些功效。比如说明书里 Royole、Alexa、DSP 等这样的标注，看上去有点云里雾里。按他的性格，是不会让自己的认知悬空的，他上网查了这些术语，感觉完全可以用汉字表达，或许是行业通用标准吧，为了体现产品的层格，也是应该的。

自从有了 Cleer MIRAGE（海市蜃楼），辛廓先生的生活在不知不觉中发生着变化。他对视听感受有了与往日不同的投入，原本尚在期待的冥想，一下子拥了上来，僵化的思维模式被穿透，孤独也不像那样停留在狭义人性的深谷里。人文意义上的孤独在崇尚科技的时代，一定是苍白的，甚至会失去源自孤独创造力带来的无限美好。

在辛廓先生眼里，Cleer MIRAGE（海市蜃楼）远远超出了视听本身的用途。

草茵上的随想

周末早晨,回国不久的艾卉带着女儿,驱车 30 多公里来到将军山度假区,她们在那里有一幢哥特式建筑风格的别墅。穿过喧闹拥挤的市区,一路向南,行驶了好长一段之后,车子拐到进山的水泥路。靠近度假区,有一段竹海夹道的蜿蜒小道,每次经过这里,竹海掀起的林涛令人震撼,心灵被一片天外之声荡涤,就像遇见了久违的朋友,一时找不到倾诉方式而欲言又止的渴慕。

停好车子,从后备厢拎出大大小小的食物袋,母女俩进了别墅。归置好东西,稍事休息,换上户外装,做好了出门的准备。她们要去别墅对面不远处的山坳,那里有一片三面环山的开阔地,草茵顺坡而下,中心地带有几棵参天槭树,仿佛一处天然的庄园。

出门之前,艾卉特意检查了 Cleer STAGE(野趣)便携式音箱的电量,将它和手机以及其他物品放进手提袋。12 岁的女儿妮

可，双手拿着一本
《苏菲的世界》贴在胸
前。母女俩互逗一个
调皮的神色，出门向
那片草茵走去。

广阔的草茵上，
走不了几步，就能看
见或一小簇、零星散
落的蒲公英、野生灯
盏菊、细碎的勿忘我，
还有一些叫不上名字
的花草。来到槭树下，
择小片花草稀疏地，铺上垫子，从手提袋取出所带物品放在上
面。艾卉在两课临近的树上为女儿系好网状吊床，转身坐回垫
子上。

打开 STAGE 音箱，选了一首柴可夫斯基的《如歌的行板》。
音乐响起，她抬头凝望树冠摇曳的天空，与 STAGE 传来的悠婉、
敛涵、真切、表以心境的曲子浑然相叠。音阶起伏间，过滤掉尘
嚣的燥气，精准的声放，想要的频段，如同在肢解光阴的急迫，
还生命以本来。快节奏生活的间隙，能这样静下心来，听一曲以
往只能在音乐厅才能感受的视听体验，竟被这么一台 Cleer
STAGE 袖珍音箱搬进了大自然。艾卉有一种不可思议的感叹，应

该说作为一个海归，与一般人相比，算是见过世面的，可在国外那么多年，她想要的这种生活状态，并没有得以实现；更令她想不到，Cleer STAGE 是深圳制造的。

妮可在吊床上捧着那本《苏菲的世界》，入了迷地看书。音乐飘在周围，她没有像妈妈那样的怀想与共鸣，只是觉得伴随音乐看书很惬意。过了一个多小时，妮可从吊床上下来，坐到妈妈身旁，贸然问一句："送信的为什么叫邮差（chā）？"

"傻丫头，那叫邮差（chāi），在这里不能念（chā），它是一个多音字。是旧时的一种称谓，等同于现在的邮递员。"

妮可问："妈妈，音箱是从国外带回来的吗？"艾卉拿出音箱便携袋里掏出产品手册，伸手递给了女儿。"Cleer，深圳冠旭电子股份有限公司。"妮可看了后，抬起头，愣住神望着妈妈，加重语气念出了"Made in China"！

艾卉又播放了柴可夫斯基的另一首《随想曲》，奏鸣的前章响起，草茵上的半空中瞬时多了几分生机，STAGE 的音效，带着 Cleer 的独特基因，横跨 150 年时空，演绎出了生命对音乐的虔诚。让妮可联想到苏菲每天收到没有寄信人的来信，她开始相信冥冥之中的存在，尽管她不知道每一封信是不是来自另一个时空，而邮差的车铃声是真实的。

音乐就是这么神奇，当 Cleer STAGE 便携式音箱给这种神奇添上翅膀，生活变得妙不可言。艾卉是一个专栏作家，定期为国内外一些期刊、网站撰写东西方文化差异与融合的文章。她创作

时有一个独特习惯，那就是写作时都要音乐的同步伴随。像是 18
世纪德国文学家席勒，要闻着烂苹果味才能刺激创作灵感；我国
古代诗人们很多是借酒助兴，英国作家阿加莎则要泡在浴缸里
创作。

　　而艾卉离开音乐，几乎没有办法激发出灵感，所以，她对音
频产品情有独钟。自从了解了 Cleer 系列智能耳机音响的高品质
和独特性，也就成了这个品牌的粉丝。可能是女性的缘故，在没
有接触 Cleer 品牌之前，她用过丹麦的 B & O，日本的索尼，虽说
都国际大牌音频产品，总觉得有说不上来的"隔距"，那些产品
的设计感有点弱化，不像 Cleer 有那么强烈的审美切合感。

　　为此，她不仅买了休闲使用的 Cleer STAGE（野趣），还买了
开车时戴的 Cleer ARC（音弧），用于写作时佩戴的 Cleer ALLY
PLUS II（优音控）。因为 Cleer 品牌雅致、简约的设计理念，与她
气质相近或重合。极简主义在她身上体现出一种精神洁癖，她拒
绝一切庸琐、繁杂和华而不实。

　　转眼到了正午，秋阳高照，天空湛蓝，和风徐徐。艾卉将带
来的冷餐摆放在垫子上，叫了声妮可来吃东西。母女俩相对而
坐，艾卉问妮可想用哪首歌伴餐，她几乎是不假思索地用英语脱
口而出：《Yesterday Once More——昨日重现》。STAGE 音箱传出
卡伦·卡朋特沉稳、深情又富有穿透力的歌声，周围的勿忘我、
蒲公英以及矮芒开始枯黄的叶尖和芦花一样的絮樱，也随音乐的
节奏翩翩起舞。

化　蝶

　　人们都在为实现愿景而努力活着，而人间冷暖论到极致，都逃不掉一个情字。因情所困，可能是任何人都走不出的魔圈。古今诗书道尽相思之苦，奈何千般亦无解，且又感受到真真切切的存在，已如梁祝，已如宝黛，已如……

　　一位情感问题专家，在无数次接受咨询过程中，巧舌如簧，一套说辞机械般张嘴就来，"聊愈"过很多人。最近坊间有传，这位专家抑郁了，工作室已闭门谢客，据说是碰了个"硬茬"。

　　二十二岁的唐梦耘，因相恋三年的男友车祸身亡而心生绝望，引发了偏激性自虐，但走出家门，还是一副楚楚动人的样子，没有人看得出她"病"了。她从朋友那里得知，那位情感专家很是了得，便想去讨个良方，以求解脱。不曾想情感专家"复读机式"的开导说了一半，唐梦耘回怼一句"你比我病得厉害"，就起身离去。

　　情感专家后来才知道，唐梦耘是音乐学院音乐治疗学科的在读研究生，便明白了自己"马失前蹄"不是因为路障，而是路太平坦。

　　有言道"大夫病不医己"，看来这话有几分道理。唐梦耘所学专业本就可以诊治自己，音乐疗法有其药物不治之特效，怎么到了自己身上，偏不施技于我呢？

　　最终，她听了导师的话，在音乐中自愈。

　　唐梦耘拿到导师为她列出曲目，先下载在手机上，而后去寻找一款声学表达品质适于自己听觉的音频产品。在电子商城的网页里，SONY、苹果、三星、华为、森海塞尔等这些大品牌的智能耳机，都是入耳的款式，而她的耳孔偏小，耳机塞久了会有胀痛感。她也不想买外放式音频设备，感觉那种倾听模式很难入心。

　　她耐心地滑动手机，当她看见页面弹出"不入耳、不伤耳、使用更安全"推介词，划屏的手下意识地停了下来，在推介词上方有 Cleer ARC 音弧的字样。她之前没有听过这个品牌，不入耳的耳机她之前也没有见过，便随手点进了这个品牌的网站。一番了解过后，才知道 Cleer 也是一个音频产品的大品牌。可谓耳听为需，眼见为实，好在她所在城市的实体店有 Cleer 专柜，决定看看再说。

　　把 Cleer ARC 音弧开放式真无线蓝牙耳机拿在手上，简单看了下产品手册，与网上推介的如是。试听体验并熟悉功能操作之后，毫不犹豫开票付钱。打开包装盒，直接戴上耳机，拎着里面放空盒子的包装袋，走出了商场。

唐梦耘开启了 Cleer ARC 音弧陪伴的自愈模式。

《化蝶》是她用 ARC 耳机进入自愈的第一支曲子，先后听过小提琴、钢琴协奏，交响曲、民乐等各种版本的演奏，在心电、脑电检测仪监控下，记录了每一种音乐表达带来的心理反应，同样的方式，又在不同时间、不同播放顺序重复接受检测，将每次检测的数据予以比较和归纳，从中发现哪个音乐章节和乐器演奏上出现了相同的症结，然后再把曲子和演奏形式进行拆分，重新编辑修饰，变成导致心理释放的音乐形式，以期达到自愈的疗效。

ARC音弧

在 ARC 音弧舒适聆听的陪伴中，唐梦耘逐渐平复自虐程度和病发间隔。祝英台纵身跳进梁山伯裂开坟冢的音乐画面删除后，她意识行为中的情感倾向随之被弱化和分散。她甚至会去想耳机为什么会取名"音弧"，而且去百度搜了音弧词条，以求其解。

对语义的敏锐与好奇，是文科生通过潜意识表露的本能意识，唐梦耘也不例外。而遇到科技问题，则选择了使用优先的价值取向，尤其女生，极少会去探究物理上的疑惑。或许是相伴久了，唐梦耘琢磨起 ARC 音弧耳机的功能构成和工作原理，在冠旭电子的 APP 上，一页一页去翻看 Cleer 系列每款智能耳机音响产品的性能介绍。特别是自己正在使用的 Cleer ARC 音弧，已了解到谙熟于心的程度。

几个月之后，唐梦耘的自虐症状基本消失。恢复了正常的她，听说那个情感专家住进了精神病院，竟突发奇想去看看他，却被导师劝住了。"有些存在，是因为轻信的人太多所以存在，想找回迷失的自己，靠外力是没用的。"导师意味深长地对唐梦耘说。

为了表达对导师的感激，唐梦耘又来到 Cleer 专柜，买了一副 ARC 音弧耳机，作为教师节的礼物，送给了自己的老师。

"书童"小静

  Cleer 品牌家族里，有一款微型 ROAM NC 真无线降噪耳机，它有个雅致的昵称叫"小静"。比起普通耳机，她身材小、降噪强。使用 Cleer 声学实验室提供的 5.8mm 定制动圈单元，并支持接近 CD 质量的 aptX 编解码器。具有降噪功能，可阻挡高达 35 分贝的低频噪音。采用高通双麦克风 cVc，可以消除不必要的声音，使电话通话清晰明了。用户可以使用 Cleer+ 智能手机应用程序控制噪音消除水平和环境感知水平，设置自定义 EQ 水平，或选择预设音效和自定义耳塞控制。ROAM NC 一次充电最多可用 5 个小时，袖珍充电盒还可以提供额外 10 个小时充电续航。此外，ROAM NC 还可以快速充电，5 分钟加速充电，提供一小时的播放时间。

  想学吟诵的司徒安看完产品介绍，没有片刻迟疑，掏出手机付了钱，便把"小静"带回了家。

  近年来的文化热，虽有流于形式之嫌，但社会生活也着实多

了几分文化气息。司徒安刚刚退休，赋闲在家的他突然没事做，
浑身都不知道该往哪儿放。有一天他起了个大早，寻思着去云湖
公园爬爬山。于是，骑上电动车，来到二十里开外的龙腰山。本
以为自己来得挺早，没想到三两结伴的、独自一人的人流正纷纷
往山上走。

爬到半山坡的六角亭，就听有人抑扬顿挫，时而拖着长腔，
时而叹着短气"矣、兮、焉哉"，说不像说、唱不像唱地咕喽。
司徒安听这也不是地方戏的调调，便凑过去，想看个究竟。只见
一位身穿旧时长衫、八十多岁的老者，正领着六七个年龄不等的
男女，每人都戴着耳机，正对着手里的文件夹，老者说一句，他
们都跟着学一句。等他们稍事停下来交流时，司徒安上前问了其
中一个人，方知这叫吟诵。至于吟诵能干什么，他没好意思再往
下问。

第二天司徒安还是在那个时间，又来到山坡的六角亭，一如
昨天的情形。而今天的司徒安没有继续爬山，而是默不作声地站
在一旁，看着那些吟诵的人。虽说他文化不高，对文化的崇仰一
点不比文化人差，甚至比某些文化人还崇仰文化。等吟诵的人结
束了活动，早已按捺不住的司徒安，钻到被围拢在中间的老者面
前，直愣愣地上来就问："能收我当您学生吗?"老者笑道："我
们这里都是自愿加入，不收费，谁都可以来，只要对吟诵有
兴趣。"

问完学习吟诵需要做哪些准备后，兴冲冲地回到家，把自己

要学吟诵的事告诉了妻子，要妻子陪他去买学吟诵所需用品。先是去书店，按老先生交代买了古典诗文类的书和文件夹，接着去电子市场，看来看去，直到在 Cleer 专柜发现 ROAM NC（小静），没容妻子发表意见，直接买了下来。该买的买完之后，来到女儿的公司，让她把书中的文章打印出来。看父亲认真急切的样子，女儿便安排文员去做了。

晚上取出 ROAM NC（小静），反复感受其各方面性能，尤其是双麦降噪的麦克风传送功能，他用手机把自己说话录下来，再用耳机听一遍，最明显的就是音质，比原来用的耳机发出的声音要宽厚许多，就像手机的美颜功能，自带声音修饰的作用，

而且没有周围发出的杂音。听起歌来柔美细腻，尤其是听戏曲，没有那种尖叫刺耳的感觉。真如耳机包装盒上写的：尽享当下，可丽尔。

开始学习吟诵的司徒安，不仅懂得了吟诵是汉诗文的传统读

法统称，还知道吟诵从吐气发声的方法，到对文章内容的理解，以及神韵气象的表达，都是有旋律的。而戴上 ROAM NC（小静），通过耳机对声音的导入和输出，能够较为准确地检验自己的学习状况，她仿佛是一个贴身"书童"。

这是司徒安对 ROAM NC（小静）最朴素真实的评价，因为他没有声学上的专业认知，而这种对产品的亲近感，说明他用心体验过产品的每一个细节，所以获得了因 ROAM NC（小静）带来的非凡生活。

哑女舞者

都说十哑九聋，也不尽然。后天致哑的人不一定失聪，但他们承受痛苦比先天聋哑的人还要沉重，因为他们都有放声歌唱的曾经。

Cleer 专柜前，来了两个身材姣好的漂亮美女，店员习惯性地询问有什么需要吗？其中一位美女用微笑回应了店员。两人在展柜上指指点点，然后用手语比画着，店员看着很是纳闷，明明刚才听到了她们向自己打招呼，怎么又打起了手语？转念一想，可能她们中有一个是聋哑人吧，有一个能交流的就行。但接下来其中一个美女对她比画着要纸笔，这下店员真有点懵了。

接过纸笔，美女写下"我们听得见但说不出，我们要买耳机，我写你说可以吗"？店员点点头，脸上还是懵懵愣愣的。

"我们是跳舞的，有没有不容易从耳朵脱落的耳机?"

店员拿出专供用户体验的样品，一款 ARC 音弧开放式真无线蓝牙耳机。仔细为她们做着演示，每一个步骤都重复两三遍，嘴里还配合手上的操作，耐心讲解着使用注意事项。她们则根据店员的提示，在纸上写下不明白的地方，店员再次有针对性地边示范边讲解。有时，她们还要手语比画着，好像在沟通不一样的理解。

将近一个小时的演示、沟通，两人又分别体验后，都伸出了大拇指。可让店员没有想到的是，两位美女摘下耳机放在柜台上，其中一个给店员做了个双手合十的动作，两人就离开了。本来也没什么，顾客对产品咨询和体验，不一定非得要买。看着她们离去的背影，店员还是觉得有点失落，这种失落不是因为她们有没有下单购买耳机，而是没有从顾客那里得到产品的信息反馈。

Cleer 品牌销售团队的每一个员工，都经过专业培训，对品牌的每一款产品的使用和性能，以及与顾客如何沟通都有一定的规范，并要求将顾客反馈的信息定期归纳，以书面形式逐级汇报。可今天面对两个特殊美女顾客，店员的服务无可挑剔，但为什么最终无果。晕，店员老半天没缓过神来。

第三天上午，电子市场刚一开门，很少几个顾客在闲逛，卖场内很空荡。Cleer 专柜店员为新的一天，正归置展品时，那两个特殊的美女顾客又来到了柜台前。店员笑脸相迎，忙拿出纸笔放在柜台上。

她们写道："我们周末在大剧院演出，邀请你去观看。"写完，从包包里取出两张门票递给店员。

"几个 ARC 音弧耳机能同频使用吗？像对讲机那样，在一个波段同时接收音频信号？"

店员回答不了她们提出的问题，这已经超出了上岗培训的内容。因为耳机蓝牙与手机是一对一连接，从没听说过一机多连。店员告诉她们，之前没有遇到过这种情况，需要向公司技术部门询问才能答复。

店员问道，舞台演出不都有无线耳麦，她们为什么要问 ARC 音弧有没有这种功能？

"我们想几个人排练时用，如果音乐不同步，怕影响效果。"

明白了她们的想法，店员表示一定帮她们去问，但不能保证有这种功能。美女会意地笑了笑，又在纸上写下："我们买四台 ARC 音弧耳机，我们只是问一下，没有那种功能也无所谓，周末一定去看我们演出。"

临走时她们留了联系方式，店员这才知道与她文字交流的美女叫秀儿。

周末晚上，店员带上闺蜜来到大剧院。远远看见入口门楣上悬挂着一条横幅，这是一场环保公益演出。晚会开始之前，秀儿发了信息给店员，告知她领舞的舞蹈节目叫《秋蝉》，排在整个晚会的中段。店员回复秀儿说已经进场入座，并祝她演出成功。

看完演出，店员对秀儿有一种莫名的好奇，她的舞蹈很专业，但她又不在专业文艺团体，报幕员介绍她们只是某街道的义工表演队。后来，她们成了好朋友，才知道秀儿 29 岁，是个服装

设计师。父亲遭遇车
祸时悲伤过度，得了
一场大病后就再说不
出话了。当时家里条
件不好，错过了最佳
治疗期，她现在努力
挣钱，为自己做声带
修复积攒治疗费。

　　店员把秀儿购买
四台 ARC 音弧耳机的
经过和秀儿的故事，
包括秀儿演出的视频，
认真编辑好，分几次分享在 Cleer 营销工作群里，引起了很大反
响。有人提议，发起一次爱心募捐，也有人建议以 Cleer 品牌设
立一个基金，专门帮助那些需要帮助的 Cleer 用户，体现冠旭电
子和 Cleer 品牌的社会担当。

心临其境

明明知道是一种错觉，却在眼前挥之不去。繁星漫天，微澜水中，丝竹弦吕，莺语缭绕。不知怎么就去了晚明风月里，做了六百年前的墨客，横生闲趣。难不成就因音乐走进了意念，幻感不散，还是得了 Cleer CRESCENT（心月）一物，声响景现，不觉其中，前世今生已难辨。

且说这款 Cleer CRESCENT（心月），自打董君以礼物相送，周雍轩便摆放在厅堂中央的条几上，俨然一件镇宅之宝。周先生是位训诂专家，对流行的东西是不屑的，在他的斗室里，没有半点沾了现代元素的物件，更不用说 CRESCENT（心月）这等科技含量极高的智能音箱了。可连他自己都难以置信的是，CRESCENT（心月）行云流水般的音频环绕，让他竟真切感觉到时光漂移，境象交错，古今洞穿，妙不可言。

一日无事，周雍轩俯身端详着 CRESCENT（心月），联想起他很小的时候，跟着大人去教堂，洋人神父的女儿给一群孩子听八音盒发出的声响，他百思不得其解。看着眼前的音箱，仍然还是云山雾罩的迷糊。他这一生只对古汉语痴迷，余事不问，家里家外的日常，也是极少过问。之前听古乐古韵都是他学生录制好，再放给他听，那些电声设备的表达也只是能听个声，当作资料来听，品味不出古汉语平仄音律的收放自如和气宇轩昂的神韵。

董君也是周雍轩早年的学生，现在也从事训诂学方面的研究。也是因为研究需要，音频设备换了几茬，不是操作麻烦，就是音质不够理想。直到最近去朋友家做客，董君看见文化墙的承台上，放着一个金色的船型物件，还以为是一个饰品，随口问了朋友才知道，这是一款叫 Cleer CRESCENT（心月）的高智能音箱。朋友说着就操作起来，只听他对着音箱方向，叫了声"小微小微"，然后报了歌名，音箱就自动搜索播放了。当听到音频传出的音量和音质，董君简直难以置信，如此美妙的音质，竟是从这么一个小小音箱播放出来的。

记卜了厂商网址，董君了解过产品性能，觉得确实不错。买回来之后，播放了一些古汉语念白和古乐曲，听完播放音效，顿感一种触心入魂。再想想之前与导师一起听这些时的感受，猛然想起过几天是周雍轩 86 岁寿辰，正愁不知买什么礼物，看着眼前的 Cleer CRESCENT（心月）音箱，便决定再买一台送给自己的导师。以往周雍轩每逢生日，弟子们送的基本上都是常见的俗物，董君想带给导师一个惊喜。

　　周雍轩第一眼看到 Cleer CRESCENT（心月）音箱，和董君在朋友家看到时的直觉一样，也是把音箱当作了一个摆件。而董君打开音箱播放后，一屋子的人满脸不知其然的表情，周雍轩随口叹道："何等奇物？如此妙乎？"

　　也就从那天起，Cleer CRESCENT（心月）音箱成了周雍轩生活的一部分。尤其这"心月"取"明净如月的心性"之意，更是

随了老先生的性情。一天晚上，周雍轩久卧不眠，起身来到厅堂，打开音箱，播放了明代本曲《平沙落雁》。在乐曲舒缓的节奏和清丽的泛音中，他不觉自己已行走在安详恬静、蒙蒙如霜的暮色中，古琴的泛音、滑弦等特有技法，被 CRESCENT（心月）独特的音效表达得惟妙惟肖。迎面而来的逸气横秋，旷而弥真，如临其境。

有了 Cleer CRESCENT（心月）音箱，周雍轩每次给弟子们讲古乐古韵，都指着音箱连连说道："知其韵律顿挫，着重音息要厄，需有好声为佐。"授课后与弟子们一起听一段可参照训诂范本。

Cleer CRESCENT（心月）将音律和气韵中的多、寡、聚、散、起、落、飞、鸣的出神之技，演绎得无微不至、恰到好处。

爱的翅膀

　　疫情之下，亦有许多人间温暖，让我们素日里极平常的经历变得弥足珍贵。突然会觉得一些唾手可得的事，牵手同行的人，一下子没有了的感觉理所应当，生活随之到处都像故事。

　　因小区被封控，出不了公寓家门。独自在外打工的毛蕾心里有些发慌，她不知道要封多久。本来性格内向的她，30 出头的年龄，刚谈恋爱不久，好不容易遇到愿意倾听自己心声的男友杜梁，就被疫情阻断成咫尺之遥。前一段感情，就因为异地恋而结束，不能相互依偎的爱给她留下了心理阴影。好不容易从那种煎熬中走出来，现在搞得像一夜回到从前。

　　孤独不只需要陪伴，还有一种精神趋向的自我游走，与自由并肩靠近愿望。封控在家的日子，时间徒劳地站在原地，而心灵的冀待既不能召之即来，也不能挥之即去，忐忑中不由一股苍然于怀，和思念撕扯着，站在窗前眺看不远处的牵挂之人。

　　男友杜梁比毛蕾小两岁，小伙子长相还算标致，谈吐颇有内涵，幽默而无痞性，更没有现在很多男孩子在女人面前的奶声奶气。两人是一个多月前在朋友聚会上认识的，算不上一见钟情，但都有一种隐约想靠近对方的心理驿动。彼此留下了联系方式，一来二去走到了一起。爱情的火苗才燃成熊熊火焰，就被突如其来的疫情泼来一盆凉水。

虽说两人在微信上你侬我侬，互诉爱意难舍难分，杜梁还是在毛蕾的言语中，觉察到她的不安。在她被隔离的第三天，杜梁为她写了一首《爱的翅膀》的歌，连夜谱上曲子，几经修改后，又把自己唱的这首歌录下来，差不多忙到天亮，休息几个小时后，起床去了电子市场。

本来想给毛蕾买一副音质好的耳机，在送给她的同时，把他写的那首《爱的翅膀》再发送给她。当他看见一款 CleerHALO 定向传音颈戴式音箱，展开后的造型貌似一双翅膀，与他写的歌似乎有某种心理契合，顿时感觉那款玫红色的 HALO 特别适合毛蕾的气质。反复斟酌，脑补毛蕾戴上 HALO 的画面，怎么都觉得好看。买下之后，心里在想就这样直接送去太没有仪式感，琢磨着用什么形式能将实用的礼物表达出关怀与浪漫。最后，他来到一家鲜花店，请店主扎了 11 朵玫瑰花束，取一心一意的寓意。又让店主把 Cleer HALO 音箱用礼品纸重新包装，系上漂亮的黄丝带，这是幸福快乐的象征。

礼物是准备好了，而怎样送到毛蕾手上呢？由于疫情期间，不知同城快递能否将礼品送进封控区，咨询后得知居民可以错峰

取物。但杜梁觉得不
够浪漫，他知道毛蕾
住的公寓后窗沿街，
她住三楼，如果那条
路没有被封，就可以
亲自把礼物送到她手
上。发微信问过她，
两人约定了时间，他
把玫瑰花束和 Cleer
HALO 音箱装进无纺布
手提袋，让毛蕾准备
好一根足够长的绳子，
就像电视剧里地下党传递情报采取的接头那方式，将玫瑰花和
Cleer HALO 音箱从窗户提了上去。

收到礼物的毛蕾，将头伸出窗外，依依不舍地目送杜梁，直
到看不见他的背影。她看懂了 11 朵玫瑰的蕴意，却不知道系着
黄丝带的包装里面是什么，杜梁想给她一个惊喜，故意制造神秘
感，就连为她写歌也还没有告诉她。他知道她看见 Cleer HALO 音
箱后，会主动先打电话过来，那时再告诉她，才能完整表达他心
意的计划。

毛蕾嗅着玫瑰散发的芬芳，陶醉几许过后，将它放在床头柜
上。接着解开系着漂亮花结的黄丝带，取出了 Cleer HALO 音箱，

稍稍平息一下加速的心跳，看完音箱使用说明，戴在脖子上，连上蓝牙，随后拨通了杜梁的电话。

这一切都超出了毛蕾的想象。特别是 Cleer HALO 音箱传出杜梁唱的《爱的翅膀》"我的思念飞进你的梦里/站在我们依偎的树下/听向晚的风传来鸟儿啁啾/天空翱翔爱的翅膀/仿佛盘旋在你的心房……"

她的眼湿润了，再次推开窗户，朝着目送杜梁的方向，一遍又一遍听着《爱的翅膀》。音质直抵心髓，凝固了时间，直到星月漫天，Cleer HALO 音箱还戴在脖子上，入睡时仍不舍摘下。

唤　醒

　　午夜时分，宛若低泣一样的曲调徐徐飘来，散发出极强的带入感，给静夜平添了几分生动气息。还没入睡的凌婉娉，听到这首《把悲伤留给自己》时，心魂霎时被紧紧牵住，甚至有种无法挣脱的感觉，她望向窗外的目光也痉挛一般地抽搐。她的心微微战栗，但没有丝毫意外的感觉，只是在想，这个世界上把悲伤留给自己的不止她一个人。

　　她起身下床，重新打开泛着橘黄色柔光的壁灯，从书桌的抽屉里取出心形的铁盒，稍稍犹疑片刻，拿出放在盒子里的 Cleer ALLY PLUS 耳机，这是她唯一留下的有翔印记的东西。分手半年来，也是第一次碰触到它。若不是窗外飘来隐约的歌声，勾起她避而不及又不时冒出来念头，有可能心形铁盒会静静地在抽屉里，不知道还会不会再被打开。

　　凌婉娉轻轻抚摸着耳机，眼前不由浮现出那个盛夏的傍晚，她和翔在华强北电子市场逛街，被一阵突如其来的滂沱大雨滞留在商场里。Cleer ALLY PLUS 耳机就是翔那天买给她的，翔自己则买了一款同是 Cleer 品牌的 NEXT（未来发烧友）头戴式耳机，因为他喜欢劲爆类似 JD 的音乐节奏，但唱起柔情的歌时，也蛮有感染力。

由于翔做产品推广，不是出差，就是在出差的路上，两人见面的时间很少。聚少离多的恋爱起初倒也没觉得有什么不好，随着两人爱的热度渐渐升温，凌婉娉的小资情绪时不时上来那股劲，便觉得像在煎熬，见面时难免使点小性子。久而久之，翔心里有点不耐烦，但从没明显地表现出来。两人最后一次在一起，是翔工作的那个部门同事聚餐，他带上了凌婉娉，饭后大家去了歌厅 K 歌。那天翔不知为什么，偏偏唱了《把悲伤留给自己》这首歌。他唱得很动情，歌中那种爱的凄美表达也很到位。

也许是应了"说者无意，听者有意"这句俗话。翔唱完后，凌婉娉脸上的表情，与之前截然不同。恰巧这时翔的一位女同事端着酒杯过来，两人碰杯那一刻，目光复杂地看了翔一眼。凌婉娉看到这一幕，联想到他刚刚唱的那首歌，似乎发现了什么端倪，但她没有作声。

没过几天，翔收到凌婉娉快递的包裹，里面都是他之前送给她的东西，除了没有 Cleer ALLY PLUS 耳机，其他的一样不少。翔打电话想问个究竟，第一遍是打通了，但没有接听，再打过去占线，连续打几遍都是占线，翔知道他被拉黑了。下班去凌婉娉住处去找，房东说她昨天搬走了，又去她公司，说她已辞职。

　　凌婉娉自己也说不清楚，为什么把 Cleer ALLY PLUS 耳机留下，或许是潜意识里的余情未了，也或许是还没有弄明白，翔为什么当她的面唱《把悲伤留给自己》。在她的认知里，两人相处的一直还算融洽，自己所做的一切，绝没有让他悲伤和无奈的地方。唯一能说得通的就是那个女同事看他的眼神，莫非他们之间有翔难以抚平的过往。不管是主观臆断，还是她亲眼所见，凌婉娉认定翔的爱太不纯粹，这是她最不能接受的行为。

　　本以为一场恋爱就这样过去了，没想到今夜隐约飘来的曲子，让她平复了的心又陷入了对翔的回忆。她戴上耳机，又听了一遍《把悲伤留给自己》，感觉听出了和之前完全不一样的心境。Cleer ALLY PLUS 释放的每个音段，都敷在自己微颤地心律上，

ALLY PLUS II
噪音灭霸

仿佛一句句隔空对话，她听懂了，回应却亦无声。

　　她搜出伴奏曲，打开手机录音，唱了这首歌。而后从微信黑名单里移除了翔，把她唱的《把悲伤留给自己》发了过去。她没

有附留言，该说的都在歌里了。凌婉娉并没有去想，自己这个举动会是什么样的结果，在她看来，即便是一场梦，也是一场醒着的梦，与现实没有延续的可能。亦如音乐在生活里，人生悲喜的寄予不一定全是陪伴，有回忆，有遗忘，有温暖，也有孤寂，经历过足矣。

　　一番重温过后，她释然了。翔已是从前，可 Cleer ALLY PLUS 还在，凌婉娉的眼中，捧在手上的耳机，而且此耳机非彼耳机，她赋予了 Cleer ALLY PLUS 以纯粹、自由、自带光芒的全新蕴意。

特殊陪伴

人不畏惧离开这个世界，可怕的是知道什么时候要离开。一个书法家朋友，刚到知天命的岁数，例行体检查出了癌症，之前没有任何征兆。医生说最多还能活半年，这位从来都是特立独行、洒脱自在的书法家当时就懵了。旋即又稍稍镇静下来，脑子里只有一个念头，那就是要活下去。接着就是一系列的操作，先是药物控制，签署器官移植相关文件，之后等待器官捐赠，配型等漫长过程，而且能否找到合适的器官来源还是未知。

好在他非常乐观，虽然知道生命余下的时日不多，那就让剩下的每分每秒都活得更加有意义。他甚至觉得诊断不是真的，于是，生活安排得比以往还要精细。一些被忽略的或搁置的兴趣爱好，能找回来的都重新出现在生活里，生命一下子比任何时候被赋予的角色都多。

音乐就像没有尽头的语言，可以入心倾听，也可以与之对话。她就像来自天国的声音，回荡在灵魂深处，让人在共鸣中感受生命的无限。对于身患癌症的书法家来说，音乐可以带他去与未来相遇，或者重温生命里的难忘时分，消弭因忙碌而留下的遗憾。

作为他的好友，我非常理解他的心境。面对这样的事情，千万不要企图用劝慰的话去安抚，那样只会增加病人的心理暗示。他需要比正常人还要放松的心情，而不是对身体状况的提醒。

一天下午，我去了他的工作室，发现他的状态比我想象的要好，从进门到离开，我没有提半个与病情有关的字，和往常一样看看他的作品，聊聊我们习惯聊的话题，相互调侃，不让他感觉任何异样。聊得差不多时，我从包里拿出耳机，告诉他这是冠旭电子吴董送的。他接过耳机，看了下包装，随口念道：Cleer ARC 音弧。

书法家对汉字超级敏感，他对音弧这个名字拽了一通语义溯源，我没有考证过他说的是否是对的，也没有对他说的予以评价，心里只在想，他开心就好。

到了晚上十点左右的样子，他打电话来，对 Cleer ARC（音弧）赞许一番，特别是音质，他用玄妙、干净、心颤、信手可及的境象和据实虚无的辽远等感觉，妥妥地又拽了一阵。因为他是懂音乐的，古琴也弹得不错，所以对音质的评价应该是到位的。

这是我想看到的结果。Cleer ARC 音弧亦如 Cleer 品牌创立时的人性化考量，最先进的声学科技加持，独特的音频频段，高低频的互为补充，外观设计以及用材的考究，几乎都与人们通常看见的奢侈品皆无二致。

从那天起，我与这位书法家朋友隔三岔五就通电话，话题由书法转向了音乐。虽然当时我正为他的书法作品《铭心集》写序，也就区区两三千字，沟通完就不须多说什么了，毕竟多年交往，对他的技法和创作心路多有知晓，字外看功夫才是行家所为。即便是在聊音乐，也兼得书法之行云流水、气韵彰表的境界。何况他现在每天戴着 Cleer ARC 音弧耳机，有如听心于究竟而看淡世事之空灵，亦觉不到病还在自己身上。

转眼半年过去了，没有合适的器官供体，书法家也没有像医生当初说的那样，他一切如常，也没有出现这样或那样的症状。他怀疑是误诊了，再次去医院检查，医生说还是有结节。医生还说，照理他现在应该很痛苦，还会伴有一些并发症的出现，怎么非但没有加重，反而向好了呢？难道是奇迹？便问书法家是不是用了什么偏方，他告诉医生没有过任何其他治疗。医学虽有自愈之说，那要看什么病，医生又问起他的饮食起居，他说只是把酒戒了，别的没什么特别。聊着聊着，他突然把 Cleer ARC 音弧耳机拿出来，医生不解地望着他，指了指耳机，说："它能治病？"

书法家说能不能治病他不知道，但自从有了它带来的音乐，自己有病的事儿，就没在心里纠结过。音乐有忽略存在的心理作用，仿佛置身事外，红尘过往已在不觉中。

医生拿过 Cleer ARC 音弧，心想是何等神器，问书法家难道一个耳机能比大的音响效果还好？书法家笑笑："你试试。"

戴上耳机，医生听了一小段音乐后，对书法家说，音乐产生的幻感，在医学声学确实有应用，但不是针对他这种病。而且，对音乐没有知解力的人，这种疗法也是无效的。还有音质所传达的声频，在多大程度上能够与心律波长切合，都是要进行测试，以证明其适应性。医生再次看着 Cleer ARC 音弧耳机，然后抬头，用疑惑的目光对着书法家，你确定每天用这个耳机听音乐？

书法家点点头，顺手把 Cleer ARC 音弧耳机装进盒子里。对他来说，音乐的陪伴已经使他身心超然，而这款耳机无疑让这种陪伴有了实质地效用。不能令人沉浸的音频，是不足以冠一个好字，因为对音乐的诠释达不到聆听者想要的体验高度。在书法家看来，戴上 Cleer ARC 音弧耳机，音乐响彻灵魂每个角落，生命接受着神谕般的洗礼，该来的来，该去的去。

弥　合

音乐在揭秘每个人不可言说的灵魂真实，并带你遇见未知的自己。热爱音乐的人，都有强烈的未来主义情结，哪怕深陷记忆的重重围堵，仍旧摆脱不掉种种假设，以近乎狂热的追求，告诉自己未来有我。这种人人皆有的心灵趋势，用通俗的说法叫"我的未来不是梦"。

当这种忘我与对音乐最深沉的体验时，就会看见时间张开一道巨大的裂缝，产生一种跨越天地万物、人神两界的欲望。当音乐超越宗教教义而取代诱导生存意愿时，她就是你心中唯一的神，令人心甘情愿地臣服，并以此感受视觉以外的意念重组，从而获得想要的生活图景，且不以人的意志为转移。

科技的日新月异，音频产品的不断提升，给音乐体验增添了许多以往受技术、工艺限制而达不到的音效，而艺术本应表达情愫、细节、心理关联和本能互动被一带而过。从单纯的欣赏，到运用声学科技解密音乐内涵的跨越，已形成现代人的精神生态。

因此，对音频产品的选择也成为时尚生活的标志。

社会学家赵宇光，长期关注视听体验所产生的社会心理倾向，以及所引发的生存价值空间，对古今中外在接受美学层面做纵横比较，结果发现，现在人的视听工具（或者叫设备），是决定人与声合一的重要因素之一。

他以 Cleer 品牌系列智能耳机音响的音质音效为体验载体，选择了不同社会层面的音乐爱好者和不同视听环境进行实验。发现了 Cleer 品牌的产品有很多独到之处，从社会学意义上讲，已开始细化视听环境的音频要求，研发了有需求性的产品，通过这

些产品进行的音乐体验，达到和超过了人们在现实中极其不容易触发的精神感知。

声学科技的发展，拓宽了视听的纵深感，使得音乐本身该表达的精神关照日臻清晰，心理满足的同时，又触发一种回味无穷的遐思。正因为音乐有着启发神智和疗愈自我的功效，所以，好的视听产品都有音乐一样的非凡功能。就像维也纳金色大厅，每年的新年音乐会门票不菲，但还是一票难求。其中不乏对音乐的狂热者，也是彰显身份象征场所，大家从世界各地云集于此，都是冲着一件无形的"奢侈品"，只有在这里，音乐才能称之为"奢侈品"。因为在金色大厅，不管你坐在任何位置，音乐都不会产生听觉偏差，可以根据你对音乐的理解，获取想要的音效和与之对应灵魂震撼。

好的电声音频产品，必须具备捕获再现心灵真实的素质。

Cleer 品牌的系列智能音频产品，在赵宇光进行音乐与社会心理产生影响的研究实验过程中，分别以耳机私享和音箱播放的环境共享方式，了解产品使用者的视听心得。通过这些研究实验，赵宇光发现，不论是音乐发烧友，还是偶尔听听音乐的人，他们对音乐的理解可能有所不同，但对音质的要求大致一样。因为音乐是培育人类生命自觉意识的独特艺术形式，可以托付情感和教化行为，营造良序功德的社会氛围。因而，人们对获取这种向善向美的途径，有了更高地期望。

选择一款适宜的视听工具，自然是为了让音乐拥有所需的去处，以致灵魂和音乐成为隔着一道深谷的两座峰峦，只能相望而不能相拥。

声学科技在这种境况中，扮演了一个角色，像一座玻璃桥，横跨于音乐和灵魂之间。Cleer 系列智能音频产品，开创了人性化的视听需求，使音乐的纵深感和心灵的迎合度，不知不觉有了感官与精神上的契合。同时，Cleer 品牌在用户眼里，甚至被忽略了她的产品属性，而成为寻求灵魂皈依过程的陪伴。

社会学意义上对客观事物的认同，是受众处于信赖而产生的选择。换言之，音频传达通过视听让音乐不朽的精神活动中，电声视听产品作为现代生活赢得音乐感受的主要形式（其他包括现场音乐会、自演自赏等感受形式），得到了越来越广泛的实际运用。Cleer 品牌系列智能音频产品，在声学科技和社会学、美学、行为学、心理学等方面，构筑了多维空间，形成了品牌自身演化的无冕尊贵的边缘学说，已经不能用任何一个单一学科来诠解。如同所有伟大的品牌，带给人类新的音乐认知方式。

信息时代的音频世界里，视听群体迭代现状显而易见，接受美学对艺术感受的表达，开始分化并重新归类，所有音频电声品牌在社会的迭代分类中，扬其之长，独其放声，都揽获了长期消费体验产生的对品牌的忠诚。Cleer 后来居上，铸就品牌的是科技创新、独特品质、文化情怀，还有你想听的故事。

飘雪随想

一场漫天飞雪的黄昏，忙碌的快递电动三轮车，一会儿一辆，一会儿又一辆，穿行在小区每条大雪覆盖的洁白道路上，碾出一道道蜿蜒的车辙。站在窗前注视这景象，没有涌出诗意，反倒是在想与这景色不搭是事情，商品、市场与物流。

"互联网+"的营销模式，现已无所不在。这种商业模式尤其在近十年里，更是以摧枯拉朽之势，横扫人们原有的购物理念，并产生消费依赖。这时候的市场（无论哪类商品）真真假假，仿佛要杀出一条血路，以分解商品流通不畅给厂商带来的阵痛。而社会的从众心理起到了推波助澜的作用，产品与消费之间相互臣服，迫使那些本来深居高阁的品牌，包括顶级奢侈品，金融行业等等，都不得不摆开架势，像快消品那样置身其中。

这就是时代。

不管你是欣喜若狂，挣得盆满钵满，还是忧心忡忡细思极恐，脑子里蹦出无解的十万个为什么，但除了追随，谁都别无选择。既不能用好，也不能用坏来评价，只能因需而动，生存是硬道理。

因为碰触到痛点而激发出的万丈豪情，会促使事物的迅速成长。就像窗外纷飞的雪，飘落遍地妖娆，在一望无际的洁白世界下面，萌动着无限生机。人们的心理惯性欣然接受的东西，都不是凭空而来的，内心存续的可能与真实之间，从悄无声息到轰轰烈烈，也只剩下时间问题了。

好在机会是公允的，只要你足够优秀，只要你顺势而生，世界总会有你的风景。近半年来，两种本就风马不及的事物，此消彼长地交织一起，竟促使我专注于斯。音乐与品牌，形而上与形而下，索性都收了，见仁见智且不去管它。

离开窗前，心却还在大雪的迷离中，文字在此刻是苍白的，表达不出想要的感觉，便去音乐里寻找。取出耳机，找出班得瑞的《雪之梦》，沉浸其中。因为耳机的音质非常真切，又不用像之前与手机连线那种，可以很惬意地在音乐伴随下品茶或踱步。也是缘起这款叫 ARC 音弧的智能耳机，开始跨界思考 Cleer 系列音频音响产品如何成为一个品牌传奇。

Cleer 产品的供应商是深圳冠旭电子股份有限公司，那里是没有雪下的，而在落雪中戴上 ARC 音弧，眼前却浮现出那座苍翠掩映中的花园工厂，仿佛现实中的雪从音乐里飘来。顿然间的时空交错，令人思绪亢奋。耳机里醇厚乐曲每一个响亮的音符，像一粒粒思想的种子，清脆地盘旋在天空下。在叹喟这奇妙音准时，

不知不觉中会抬手触摸一下 ARC 音弧耳机，随之也自然联想到
Cleer 品牌。

但凡创出品牌的产品，在品牌战略上，都有不可替代的因
子。尤其在同类品牌中，没有拿得出手的产品品质和有别于同类
的独到之处，根本不可能有自己的生存空间。Cleer 品牌的系列智
能耳机音响产品，每一款的产品设计都是少则几项、多则十几项
的国家专利集一身，还有世界顶尖的工艺设计师加持，一下将产
品推至全球音频行业的高端之列。如此高的起点，谁与争锋？

而赢得品牌声誉的不单是产品本身，市场趋势和用户需求，
才是产品打出品牌的重要成因。那么，制定营销策略和推广路径
上，品牌推出的产品信息量和可信度，一定要让用户从中受益。
不然的话，之前的努力将付之东流。Cleer 品牌的决策者很清楚这
一点，既有定向的消费群体，也有遍地开花的招数，有爆点，也
有极不被平常人注意的平常事，点面互动，充分敛收大智若愚的
营销结果。还原这种结果的因子，就是产品创新的独特性使品牌
占据了市场的有利地位。

飘雪的意蕴是人赋予的，品牌的美誉度也同理。Cleer 品牌之
所以在音频市场大受青睐，产品拼得是质量，消费要的是需求，
在这两者之间是市场博弈，谁能最大限度满足消费需求，谁就是
最后的赢家。Cleer 品牌的决策者深知其中利害，在音频行业激烈
竞争的夹缝中，审时度势，优化卖点，避开雷同，以别人所能之
不能，最大程度把饱和的市场撕开一个口子，先是侧身而入，然

后正襟危坐，再舒怀洒脱。当用户纷至沓来，营销成势，Cleer 亦如雪的绽放，分外妖娆。

互联网时代的大背景下，商业模式多元并举，促使营销形成线上线下平行推演。Cleer 品牌根据消费受众居于年轻人群，利用直播平台，在各大门户网站多点位、大幅度进行以产品树品牌的全方位推广，专注于推出时尚创新的新产品，通过视频和深度发布，帮助客户了解他们需要了解的一切，收益颇丰。线下也是星罗棋布，先后进驻了苹果店、翼蓝数码、顺电、DPS、壹方城、朗翼臻选、北京/上海/杭州万象天地、客吉来、大兴机场、苏宁、京东电脑数码等实体门店。Cleer 品牌用这种以客户为中心的方法来改变音频市场，这种模式对于品牌推广来说，比以往任何时候都更加成功。

　　恍若一场飘雪的思绪，随着班得瑞的《雪之梦》从 ARC 音弧耳机潺潺抑扬，萦绕心际的 Cleer 品牌畅想，却没有乐曲的消隐而戛然无余。一种言无不尽地阐意，还在无声中匍匐，借助雪地的反照，与梦想同行。

Cleer（可丽尔）品牌简史

2012 年

10 月 24 日，Cleer 品牌诞生。

我们是一群文化背景多元但同样热爱音乐的人，希望创造出鼓舞人心的未来，以改善人们的生活。

我们是新科技的狂热追随者，愿意坚持不懈地突破工艺、音质和设计标准，打造脱颖而出的智能声学产品，为引领新潮流不断努力。

我们相信，一个伟大的品牌，一定可以凭借杰出的产品，帮助用户实现更美好的生活。

Cleer 可丽尔产品，让您获得灵感与快乐，与世界更清晰地互动，让您沉浸于音乐之中、逃离现实的嘈杂尽享当下。

每一次美好的体验，都以你为中心，唯你独有！

2013 年

Cleer 研发出第一款"NC"降噪耳机原型产品之后，Cleer 采用了业内领先的降噪解决方案提供商 PHITEC 的技术，凭借 20 多项专利技术的优势，接连斩获了"CES 创新产品奖""iF 设计奖"以及"TNT 顶尖新技术奖"。

2014 年

Cleer 携手瑞典知名设计公司，为产品外观注入北欧理念的设计元素。

2015 年

Cleer 陆续推出主打高音质高性价比的双单元耳机 Cleer DU；

带有 NFC 连接以及触控技术的无线蓝牙耳机 Cleer BT；

更有获得了 2015 年德国 iF 设计大奖的 Cleer DJ 旗舰耳机；

在过往 3 年中，Cleer 陆续斩获了"2015 美国 CES 创新产品奖""德国 iF 设计奖""德国 Reddot 红点奖"以及"荷兰 ISE 最高新技术奖"。新产品一经问世美国市场，就取得了不菲的成绩，广受美国消费者好评。

2015 年，Cleer 推出双单元的头戴式蓝牙耳机——Cleer DU Wireless。

Cleer DU Wireless 内置 40mm 定制双发声单元分别负责中高频

和低频，采用高品质蓝牙传输技术，支持 aptX 数字音频编解码，有效提升蓝牙音频的播放效果。支持 NFC 近场通信技术，与同样支持 NFC 功能的手机实现一触即连，配对简单便捷；并且配备了 3.5mm 耳机接口，支持有线连接方式输入。

2016 年，Cleer DU Wireless 降噪蓝牙耳机获得 TNT TOP NEW TECHNOLOGY AWARD TNT 顶尖新技术奖。

2016 年初

Cleer 携手全球知名音响品牌 ONKYO 安桥强势进入国内市场，在国内推广、销售全系列 Cleer 品牌产品；

同年，Cleer 全球分支机构在美国加州注册，并成立了美国研发及销售中心；

在 2016 年 Cleer 还与高通 Qualcomm 签订了全面终端授权开发合作协议，并获得高通 Qualcomm 第一批 5G 授权。

2017 年

Cleer 推出高保真专业级头戴式耳机——Cleer NEXT。

Cleer NEXT 由宝马设计中心劳斯莱斯幻影设计师 Andre de Salis 亲自参与产品设计，使用 Cleer 独有的 40mm 无铁芯喇叭单元及镁振动膜，达到极致的高保真声音效果。

荣获美国 CE Week 金奖第一名、美国 Good Design 奖等多项设计大奖，并获得高保真音频产品（CPHA）认证。

2017 年 12 月份，Cleer 更是以中国第一家的身份，与阿里智能云服务商建立合作开发伙伴关系。

2018 年

Cleer 推出全球首创便携式智能语音蓝牙音箱——Cleer STAGE。

IPX7 级防水无惧风雨，搭载高通蓝牙音频系统级芯片 CSR8670，集 IPX7 级专业防水、48 毫米全频发声喇叭、12 小时长效续航等诸多优点于一身，荣获当年美国 CE WEEK 银奖、德国红点奖大奖。

除此以外，Cleer 还同步推出多款重磅新品：

能实时监测并语音播报心率的运动蓝牙耳机——Cleer EDGE Pulse。

Cleer 推出头戴式降噪蓝牙耳机——Cleer FLOW。

采用自有前馈+反馈混合降噪专利技术，可达到-30db 深度降噪。使用 Cleer 独有的 40mm 无铁芯喇叭单元，获得 Hi-Res 音频认证。

Cleer 推出真无线运动蓝牙耳机——Cleer ALLY。

拥有 Freebit 人体工学耳翼设计，佩戴舒适稳固，支持 IPX5
级防水，拥有 30 小时续航时长。

2018 年

Cleer 携旗下众多重磅新品参加美国 CES 展，Cleer ALLY、
Cleer NEXT、Cleer FLOW、Cleer STAGE 等多款产品凭借原创的设
计和杰出的功能获得 CES 创新大奖殊荣，同年还获得了德国红
点奖。

2018 年 6 月

Cleer 母公司冠旭电子正式与谷歌建立了 Google Bisto 语音助
理联合开发伙伴关系（冠旭电子成为 Google 全球 OEM/ODM 4 家
合作商之一）。

2018 年 8 月

冠旭电子与亚马逊 Amazon 建立了 Amazon Alexa 建立智能云
联合开发伙伴关系，获 Amazon 授权指定 OEM/ODM 智能音响/智
能显示合作商，是 Amazon Alexa 唯一授权二合一的 Cleer 品牌及
OEM/ODM 合作商。

2019 年

Cleer 推出全能降噪真无线通勤耳机——Cleer ALLY PLUS。

作为世界首款搭载高通 QCC5124 旗舰机级芯片的真无线降噪耳机，凭借 Cleer 自有前馈+反馈混合降噪专利技术，Cleer ALLY PLUS 拥有 -35dB 降噪深度。

凭借出色的设计，Cleer ALLY PLUS 还获得 2019 年美国芝加哥 Good Design 设计大奖、2019 年美国消费电子展 CES 创新大奖、2019 年德国红点奖等多项世界大奖。

Cleer 推出"潮生活新神器"定向传音颈戴式音箱——Cleer HALO。

采用指向性声学设计，营造开放式私享听音空间；

雅马哈专业级音频 DSP 环绕技术，让音乐娱乐与生活融为一体；

Cleer HALO 也获得 2019 年芝加哥 Good Design 奖以及 2019 年德国红点奖。

Cleer 推出百小时长续航头戴蓝牙耳机——Cleer ENDURO 100。

搭配高通蓝牙 5.0 芯片及 Cleer 独有的 40mm 无铁芯喇叭单元，拥有 100 小时超长续航能力，长途商旅不忧虑缺电；

Cleer HALO 荣获 2019 年芝加哥 Good Design 奖、2019 年德国红点奖、2020 年日本好设计奖，获得 Hi-Res 音频认证。

2019 年 12 月

Cleer 推出柔性显示智能语音音箱——Cleer MIRAGE 海市蜃楼。

Cleer MIRAGE 被评选为 2020 年美国消费电子展 CES 35 大黑科技产品之一；

荣获 2019 年美国消费电子展 CES 创新大奖，以及 2019 中国优秀工业设计奖金奖提名。

2019 年

Cleer 正式入驻英国"Harrods 哈洛德"与"selfridges 塞尔福里奇"两大国际奢侈品百货专柜；

同年，Cleer 与谷歌建立了 Google assistant 建立智能显示（Smart Display）联合开发伙伴关系，并成为 2019 CES Google 首发候选产品（2018 年只有联想，LG，JBL 获得授权）；

另外，2019 年与百度、腾讯签订了智能耳机/智能音响开发协议。

2020 年

Cleer 推出全球首创多声道智能语音音响——Cleer CRESCENT"心月"。

创新地采用 10 声道合一的单元阵列技术，打造影院级听音体验；搭载腾讯云小微智能语音助手，可以通过语音控制智能家居。

Cleer CRESCENT 被美国《新闻周刊》评为 2020 年全球 12 个最高技术产品之一；

并荣获 2020 年美国消费电子展 CES 创新大奖，以及多家声学，设计媒体的 CES 最佳创新产品奖。

Cleer 推出 续航主动降噪头戴耳机——Cleer ENDURO ANC。

采用 Cleer 40 毫米专利无铁喇叭，超低的失真，还原音乐会现场，搭配智能混合降噪技术，轻松应对各种环境噪音，高解析音频认证，就像在脑袋里开一场音乐会，60 小时长时间续航，带来不间断的音乐享受；

Cleer ENDURO ANC 荣获 2020 年德国红点奖、2020 年当代好设计奖。

Cleer 推出防汗防掉运动耳机——Cleer GOAL 动感小鲨鱼。

专为运动而设计的真无线蓝牙耳机，Freebit ⓒ定制的专利耳翼，半入耳式设计，专注于锻炼而不会阻塞周围环境声音，更安全佩戴舒适稳固；荣获 2020 年德国红点奖、2020 年当代好设计奖。

2020 年 8 月

国际智能声学品牌 Cleer 联手前国家羽毛球队一姐、世界冠军——孙瑜，国际动力冲浪女子冠军、乘风破浪的姐姐——林映希和知名华语主持人翁航融共同打造的全网首档音乐跨界直播节目；

《Cleer 瑜你有约》直播不仅汇聚了世界冠军级战队和著名主持人，通过明星主播化等方式展开泛娱乐直播，启动全明星主播战略。

Cleer 携旗下产品参加美国 CES 电子展，与 Bose、B&O 同台竞技，共获得 8 项 CES 大奖、37 个媒体专访报道，报道阅读量达 1.8 亿+；美国知名歌手黑眼豆豆、知名健身达人 Billy Blanks 来到 Cleer 展位试听。

2020 年
Cleer 与 USL（美国的足球乙级联赛）签约，成为 2020—2023 年声学产品独家赞助商。

2020 年
Cleer 全球战略更新，旗下产品拓展至法国，德国，日本，台湾，新西兰等国家和地区销售。

2021 年
Cleer 推出国内首发带高通 QCC5141 自适应真无线降噪耳

机——Cleer ALLY PLUS II。

采用高通自适应主动降噪技术，可根据外界场景与使用环境进行动态智能降噪，自动适配降噪效果，荣获 2021 年德国红点奖、2020 年当代好设计奖、2022 年度（秋季）金耳朵选择（CGEC）认证。2022 年 5 月，中国电子技术标准化研究院赛西实验室完成了第二批次降噪耳机降噪性能集中评测，Cleer ALLY PLUS II 真无线自适应降噪耳机获"A 级认证"。

同年，Cleer 与全球听力健康巨头 Mimi Hearing Technologies 建立新的合作伙伴关系，合作伙伴关系建立后，用户将可以使用 Cleer Ally Plus II 真无线自适应降噪耳机的听力健康测试服务，并通过 Mimi 享受个性定制的专属听音体验。

2021 年，Cleer 正式入驻全美最大的非连锁影像及视频设备超级市场——B&H Super Store，以及全球知名的家用电器和电子产品的零售和分销及服务集团 Best Buy（百思买）专业门店。

2021 年初，Cleer 宣布与美国最大的机场电子产品零售商 In-Motion Entertainment Group 建立了合作关系，并在 InMotion 国际机场店上架 Cleer 的耳机、音响产品，为广大音乐爱好者和商旅人士带去旅途中对音乐享受的需求。

国内市场方面，Cleer 智能声学产品进驻苹果店、翼蓝数码、顺电、DPS、壹方城、朗翼臻选、北京/上海/杭州万象天地、客吉来、大兴机场、苏宁、京东电脑数码等多家线下门店。

2021 年 5 月

Cleer 耳机音响受广东省政府邀请参加首届中国国际消费品博览会，来自全国各地的采购商和专业观众对 Cleer 声学产品产生浓厚的兴趣，Cleer 凭借独特的外观和近乎完美的音质表现征服了现场观众。

2021 年 7 月

Cleer 发布微型真无线降噪耳机——Cleer Roam NC。

外形小巧且轻盈，出行佩戴无负担，–35dB 深度降噪，随时随地享受安静，自适应 aptX 音频解码，入耳式耳机也能尽享 CD 级无损音质，搭配四麦通话降噪技术，语音通话更纯净；

荣获 2020 年当代好设计奖。

2021 年 8 月

Cleer 成为抖音"818 新潮好物节"唯一的 3C 数码品牌赞助商，并推出全民挑战赛，明星直播带货，GMV 实现历史性突破，销量增长。

2021 年 12 月

中国十大耳机品牌评选结果新鲜出炉，根据中国电子音响行业协会评选结果，Cleer 耳机音响凭借出色的用户口碑与媒体评价荣登榜单。

2021 年 12 月 31 日

Cleer 创新推出首款开放式真无线耳机——Cleer ARC。

Cleer ARC 采用全新开放式听音设计，开启开放式听音的新时代。ARC 开放式真无线耳机解决了传统 TWS 耳机续航短、硌耳、佩戴不舒适、耳环境不健康等痛点，对骨传导耳机佩戴不舒适、音质表现不佳等问题进行改进。同时，开放式设计可以让使用者无论是在运动，还是驾车、办公或是商务出行，都能时刻感知周围环境，大大提高了出行的安全性。

Cleer ARC 音弧荣获 2021 年当代好设计奖、2021 年德国红点奖、2022 年德国 iF 设计奖、中国音响网金孔雀奖、2022 年度最佳创新产品奖、2022 年度（秋季）金耳朵选择（CGEC）认证；成功入选 2022 "深圳伴手礼"名录。

2022 年

2022 年 1 月

Cleer 推出智能双"芯"降噪头戴式无线降噪耳机——Cleer ALPHA。

拥有 Cleer 专利级的 40mm 无铁芯喇叭、蓝牙 5.0 连接、高通 cVc 双麦通话降噪解决方案以及主动降噪模式下 35 小时的超长续航，能够为用户带来高品质的无线听音体验。Dirac Virtuo 空间音频的宽大音域，带来清晰而纯净的沉浸式听音体验；2022 年 10 月，中国电子技术标准化研究院赛西实验室完成了第三批次降噪耳机降噪性能集中评测，Cleer ALPHA 头戴式降噪蓝牙耳机获"A 级认证"。

荣获 2021 年德国红点奖、2021 年美国 CES 创新大奖，被《国际财经时报》International Business Times 评为"CES 2022 最佳奖项"、2022 年度（秋季）金耳朵选择（CGEC）认证、2022 年度高保真音频产品（CPHA）认证。

2022 年 2 月

国际智能声学品牌 Cleer 官宣：北京冬奥会速滑选手、世界轮滑冠军郭丹正式签约 Cleer 品牌，为 Cleer ARC 音弧开放式真无线耳机发声。

世界冠军郭丹与国际智能声学品牌 Cleer 耳机音响携手逐梦 2022 北京冬奥会，为梦想喝彩。

2022 年 6 月

Cleer ARC 音弧开放式真无线耳机，作为"最强单品"在天猫榜单 618 热卖王，挂耳式蓝牙耳机加购榜第一，热销榜第一；

上榜京东 618 热卖榜；消费电子家居生活实时热卖榜前五，商品榜第二。

2022 年 8 月

在 818 重磅促销大节期间，Cleer 多平台销售额再创历史新高；在抖音、天猫、京东影音类中销量排名第一。

2022 年 11 月

Cleer ARC 音弧开放式真无线耳机在双十一期间，获抖音平台全"影音电器"类目—品牌榜第一、商品榜第一、店铺榜第一；

京东双 11 销量同比增长 2564%，荣获自营最快增速品牌；

天猫双 11 销量同比增长 914%，Cleer ARC "音弧"开放式真无线耳机连续 5 周蝉联挂耳式蓝牙耳机热卖榜第一。

2022 年

第三届国际品质节评选结果公布，国际智能声学品牌 Cleer 获得 2022 数字消费引领奖，Cleer Crescent "心月"多声道智能语音高级音响（产品）获评 2022 杰出产品设计奖。国际品质节是由数央网主办，由国内四十多家媒体评选，本次 Cleer 荣获此类奖项，展示出性能与外观兼备的硬实力。

2022 年 12 月 15 日

第十四届音响行业十大优秀品牌评选中，"Cleer ARC 音弧开放式真无线耳机"凭"不入耳、不伤耳、安全更舒适"的卖点荣获"金孔雀奖"《2022 年度优秀创新产品奖》。

2023 年 1 月 1 日

Cleer 再度领跑开放式智能耳机赛道，发布 ARC II 音弧开放式智能耳机。

ARC II 音弧在延续了一代"不入耳、不伤耳、安全更舒适"的强大特点，在智能硬件、智能交互、音质表现、佩戴体验上都进行了全面的提升，开发 N 多个智能配套应用，构建出强大开放式生态。Cleer ARC II 带来推出 3 个颠覆耳机行业的系列产品：音乐智能版、运动智能版和游戏智能版，给消费者带来更多高端智能产品的使用体验，满足其品质生活憧憬。

2023 年 2 月

2022 年度中国十大耳机品牌评选结果新鲜出炉——

根据中国电子音响行业协会评选结果，Cleer 耳机音响凭借出色的用户口碑与媒体评价荣登榜单。

2023 年 3 月

3 月参加抖音电商潮电秀，Cleer 新品 ARC II 音弧开放式智能耳机，在"酷玩科技"带货榜中排名第一，抖音店铺排行榜第一。

2023 年 5 月

Cleer ARC II 音弧荣获 2022 年当代好设计奖、2023 年德国红点设计奖、2023 年日本综合消费电子大赏 VGP 金奖、中国音响网金孔雀奖、2023 年度金耳朵选择（CGEC）认证等等。

2023 年 8 月 8 日

Cleer 官微发文："他，专心的做着自己的音乐，凭借着自己的实力还有出色的音乐天赋，让他如星光璀璨。他，披荆斩棘，一腔热血，大步向前，打破常规，探索旗舰智慧音频的新可能。Cleer ARC 音弧系列，有请 Cleer 音质探索家任贤齐。"Cleer 正式宣布著名歌手任贤齐先生成为 Cleer 品牌代言人。

2023 年度（春季）金耳朵选择（CGEC）认证，HWA（高清无线音频认证）。

Cleer 产品获奖

Cleer ARC ll

音弧开放式智能耳机

2023 年德国红点奖

2023 年日本综合消费电子大赏 VGP 金奖

2023 年音响网金孔雀奖

2023 年度金耳朵选择认证

2022 年当代好设计奖

Cleer ARC

音弧开放式真无线耳机

2022 年德国 IF 设计大奖

2021 年德国红点奖

2021 年当代好设计奖

2022 年度最佳创新产品奖

2022 年度金耳朵选择认证

Cleer ALPHA

阿尔法　头戴式自适应降噪蓝牙耳机

2022 年美国 CES 创新奖

2021 年德国红点奖

2021 年当代好设计奖

2022 年度高保真音频产品认证

2022 年度金耳朵选择认证

2022 年度金耳朵选择认证

Cleer MIRAGE

海市蜃楼　柔性显示智能语音音箱

2023 年深圳环球设计大奖提名奖

2022 年广东省长杯工艺设计大赛优秀奖

2022 年省长杯（肇庆赛区）第三名

2020 年中国优秀工业设计奖金奖提名

2019 年美国 CES 创新奖

Cleer NEXT

未来发烧友　头戴式高保真耳机

2022 年高保真音频产品认证

2020 年当代好设计奖

2017 年芝加哥 Good Design 设计奖

2017 年 CE week 金奖

Cleer CRESCENT

心月　多声道智能语音音箱

2023 年深圳环球设计大奖优秀奖

2022 年德国 IF 设计大奖

2020 年美国 CES 创新奖

Cleer ENDURO ANC

头戴式降噪蓝牙耳机

2020 年德国红点奖

2020 年当代好设计奖

Cleer HALO

颈戴式蓝牙耳机

2019 年德国红点奖

2019 年芝加哥 Good Design 设计奖

Cleer ALLY PLUS

真无线降噪耳机

2020 年红星奖

2019 年德国红点奖

2019 年芝加哥 Good Design 设计奖

2019 年美国 CES 创新奖

Cleer ALLY

真无线耳机

2021 年德国红点奖

Cleer CONNECT

智能语音音箱

2019 年美国 CES 创新奖

2019 年德国红点奖

Cleer GOAL

真无线运动耳机

2020 年德国红点奖

2020 年当代好设计奖

Cleer ROAM NC

真无线降噪耳机

2020 年当代好设计奖

Cleer STAGE

便携式蓝牙音箱

2017 年美国 CE week 银奖

Cleer EDGE Voice

蓝牙耳机

2018 年美国 CES 创新奖

Cleer FLOW

头戴式降噪蓝牙耳机

2018 年美国 CE week

Cleer MIDNIGHT

智能音箱

2021 年美国 CES 创新奖

Cleer GOAL ll

真无线运动耳机

2022 年美国 CES 创新奖

Cleer BT

头戴式蓝牙耳机

2015 年美国 CES 创新奖

Cleer NC

头戴式降噪耳机

2015 年美国 CES 创新奖

Cleer DJ

头戴式监听耳机

2015 年德国 IF 设计大奖

Cleer DU Wireless

头戴式蓝牙降噪耳机

2016 年 TNT 顶尖新技术奖